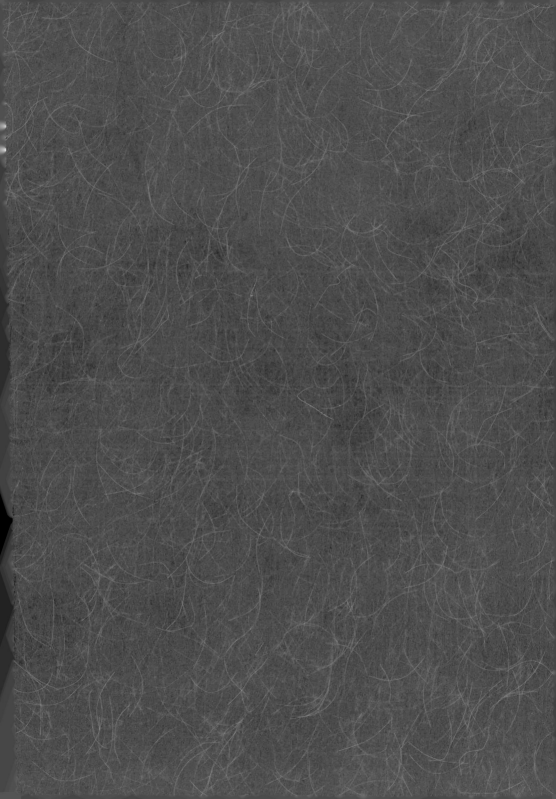

# 被時間留下的人

唯有失去，才足以讓我們成為一個大人

P's
｜
著

目錄

## 輯一 ✦ 單身自修室


**有一種命中注定，是背叛愛情的人終有報應** 10
「不是不報，只是時候未到」，往往會出現在受害者看不見的時候，用著程度不一的方式，讓加害者嚐盡應得的苦果。

**下載吧，網路上什麼樣的感情都有** 18
每座閃爍霓虹的城市，都會有無數個對比強烈的孤獨人類，渴望情感流動，如大街的車水馬龍。

**故事不會從頭，你終究只是來過** 26
時間拉長，擁抱也會碰撞出稜角，那些藏好的陋習也開始露出尾巴。你是獨立的存在，他也是。

**沒自信的人最怕寂寞，愛才總填不滿又掏不空** 32
青春有限，不是要拿來漫無目的地揮霍，或囫圇吞棗地去填補寂寞，而是要找個理解且珍惜你的人，陪你一起做夢。

**若不是打從心裡願意，沒有人能夠強迫你** 40
別再欺騙自己無怨無悔，你只是入戲太深，把侍奉別人的劇本，活成自己的人生。

**他這麼善解人意，你怎麼還不懂得珍惜** 48

善解人意的孤單，是一片赤誠沒被好好看待，是用心良苦後的自討苦吃，就因為他能忍人所不能忍。

**全世界的失戀，都是爲眞心讓路** 56

失意的時候，很多人都在試圖找尋不放棄的理由，而失戀恰好相反，必須給自己一個死心的證據，才能揮揮衣袖，將雲彩留在那場空缺一塊的夢。

**記憶不是記住什麼，而是經歷了什麼** 66

不是每段關係，都能成為值得一刷再刷的電影，也不是每個人，都有能力吹走來過心裡的陰影。

## 輯二✦失戀博物館

**將眞心安放最好的方法，就是永遠能對他再好一點** 74

珍惜這件事，就是永遠可以再多給予一點，然後要給就趁現在，別老是說下次。

**想讓誰幸福，卻只是浮木** 80

雨來了，我便撐傘，雨停了，我收傘還你一整片天藍。沒有人是甘於僅此而已，只是關乎愛情，我們都還是要有想得卻不可得的看破。

**要回人生，和自己一見如故** 90

踩著他的腳印跟在身後，他卻漸漸看不見特別的你，你也踏不出自己的步伐。

頻頻回頭的人，每一步向前都得踉蹌　96
每個人都要有這樣的覺悟，在分手面前，我們都是毫無招架之力的動物，任何留戀的輕舉妄動，都是一腳踩進漩渦。

要嫁就要嫁給愛情，而不是屈於年齡　102
命運有時殘忍，兩人能走得了青春，卻走不盡終身。而你可能就在幾里路前與他走散，不願孤單，又承受不了年歲糾纏，便急著找人作伴。

愛會讓人有恃無恐，不愛的人永遠沒空　110
我們都渴望永恆不變的愛情，但時間殘忍，有些人的真心誠意就像是有限期的鳳梨罐頭，多熱烈的交集，終會過賞味期。

世上最遙遠的距離就是生與死，誰管你什麼站在面前不知我愛你　122
只剩記憶，能將那些與他有關的畫面投影，是愛是恨都只能翻篇，不再過問。


## 輯三✦愛的雙人房

看上一個人只需要雙眼，看清一個人你需要時間　136
每個新認識的人都是碎片狀的，要花時間一一拾起，要用心培養緩緩拼湊，是好是壞、是圓是扁，日久都會現形的。

要嘛一輩子長得好看，要嘛靈魂秀色可餐　144

長得風韻猶存，是永遠追趕不上年輕貌美的。老天只能給你一副皮囊，但你能決定靈魂漂不漂亮。

**不只想活在當下，我要的是未來** 152

有的人渴望活得像煙火，在燦爛時照亮夜空，不計爾後；有的人則願活得像秒針，一圈一圈繞著年輪，求個現世安穩。健康平安，才算得上了無遺憾。

**不求眞愛能一眼瞬間，只願百看不厭** 160

合照時，奶奶總會再三地打理，深怕照片裡的自己不好看，而爺爺都會伸手摟著她的肩膀，笑著告訴她最美的就是妳。

**這世界欠你再多，也要溫柔地還手** 172

成長的意義，不過只是將我們各自推往能安身立命的棲息地，你有你的叢林，我有我的海洋，我們追逐著不同的目標，活著不同的生存之道。

**大齡單身不等於太挑，難道隨便嫁了會比較好？** 182

人們壓根不管她幸不幸福，只想儘早將她從單身公害中排除。花開花謝，有時身不由己，緣分沒有著落，也許只是遇到的人良莠不齊。

**不揮霍你的付出，這段關係才值得投入** 190

愛情不能只學會怎麼愛人，也要接受被愛，要能互有往來，像是羽毛球落在彼此的球拍，在你我之間劃出恰到好處，能被接住的弧線。

有一種夢想成眞，是和愛的人幸福成婚　200
你的不甘平凡，可能正是誰最奢侈的想像，你眼裡乾涸的沙漠，是他嚮往的綠洲。只要能放進兩個相愛的好人，又管他是男是女。

做不到斷捨，日復一日也不過貌合　208
我們等，等個幾天、幾個月，或幾年的，像青春不值錢一樣地等，到了最後都不知道自己在等的，是個可以實現的期盼，還是終於可放棄的答案。

## 輯四 ✦ 大人事務所

那些催促我結婚的人，都無數次後悔走入婚姻　222
我們都見過婚姻的美好，也看過婚姻的無可救藥，為了將踏入泥淖的風險降到最低，總還是必須花點歲月沉澱尋覓，選擇獨善其身也未必是不得不的選項。

如果眞的幸福，就無須想盡理由自我說服　228
所謂幸福的輪廓都是渾然天成，無須任何欲蓋彌彰的贅詞，也不須向人解釋言說，你才會懂得，終會走散的人，是握緊拳頭也抓不住的光影。

他這麼愛你，你怎麼還在爲別人傷心　234
憂愁有時，阻礙有時，但人活到這歲數，靠的不只是自己的本事，還有那一張張習以為常的臉，托住時不時下墜的你。

**只是放心不下，才把你當作傻瓜** 242
說不完的提醒，叮嚀不停的囑咐，那從來都不是因為不信任對方，而是害怕就少說兩句，安不了自己的心。

**別將愛情看得太重，那不過只是人生快樂的其中一種** 250
我多想告訴如我見過地獄的人，退一步都是出路，也許絕望來自於深深愛過，可希望，永遠都存在於再愛一次。

**愛情裡有一種白費力氣，叫作「我相信你」** 256
愛情應該像是回家的路，你不可能會懷疑自己是否走錯了方向，所以或許潛意識已經告訴你，這段關係只是他方。

**愛就是願賭服輸，沒太多時間好去痛苦** 262
有一天我們都會明白，所有幸福都是賭來的，持著不同的籌碼，去贏得我們想要的結局。

**甜言蜜語，全都要說給左耳聽** 272
我很想在你耳邊細語，一個比親吻與擁抱更高級的肢體言語，將心底的戀念暄嘩，溫柔而深邃地遞交。

**後記．被時間留下，也留下了時間** 278

**新版後記** 282

# 輯一

# 單身自修室

先別說是否要終結孤單，
若學不會過一個人的日子，
兩個人也不見得開心。

# 有一種命中注定，是背叛愛情的人終有報應

「不是不報，只是時候未到」，
往往會出現在受害者看不見的時候，
用著程度不一的方式，讓加害者嚐盡應得的苦果。

我沒有要談宗教裡的因果報應，也非勸世或恐嚇，大概是親身體驗與親眼所見，像一顆從蘋果樹上落下的蘋果，讓人們相信萬有引力。

我的老友樹和花從國中就是班對，高中畢業後經歷過分隔兩座城市的遠距離，樹捱不過長期為了見對方一面的舟車勞頓，也耐不住寂寞的猖狂，索性在交往

六年後提了分手，轉投向大學學妹的懷抱。

當時我與花在同個城市讀書，約出來吃頓飯，花向我問了樹的近況。我嘆了嘆口氣，「自從你們分手後他也不來台北了，而且他自己做虧心事，哪會和我分享什麼生活動態。」花夾了一塊海帶塞進嘴裡，面無表情地說：「算虧心事嗎？也許只是緣分到了，我不怪他。」

我認識花甚至比樹還要早，她從國中就常會說出超齡的話，後來才知道她家境並不好，作為家中的老大，想法總是比我們這種毛頭小子成熟不少。而我之所以會知道這些，是因為在花為了家中狀況低潮和煩惱時，都是樹陪她走過來的。我想，這也可能是花不會怪樹的原因，我們總是很難去責備曾在雪中送過炭的人。

時光荏苒，大學畢業後樹也上台北工作，只是沒想到下次再見，兩人又走在一起了。「你們怎麼復合的？」我直接開門見山。樹也直球對決，坦言為了挽回花而選擇北上，死纏爛打好一陣子後，花才給了機會。花羞赧地一邊微笑著，一邊拍著樹的肩膀，果然戀愛中的女人就是不一樣，再怎麼老成懂事，都會露出小女孩似的模樣。

故事要怎麼翻篇，就是不要再去提起過往傷感情的碎片，看著他們彷彿仍是曾經的那位少年少女，我心裡還是欣慰的，就像看了一部遺憾收尾的電影又拍了續集，誰不希望這次能皆大歡喜。

只是又過了幾年，他們有了大人的煩惱。花在一間大企業上班，有著很不錯的薪資環境，反觀樹則是公司一間換過一間，偶爾還會待業個幾個月。花告訴我，她夢想是在三十歲結婚生子，只要是樹，就算日子過得苦一點也沒關係。但樹對未來沒有規劃，尤其談到婚姻相關話題就會閃躲，總說自己的薪水太少怕耽誤她，接著轉頭就是打電動、看漫畫，放花一個人焦躁煩惱著看不見盡頭的關係。

我不敢給什麼建議，只和花說，永遠都要多為自己想一點，如果樹不是值得託付的人，該停損的時候咬牙都要做到。然而，不久之後花發現樹有了曖昧對象，那一瞬間花就像打開了封印在心裡的盒子，回到了多年前一個人在台北疼痛不能出聲的夜晚。花聲淚俱下地質問，而樹沒有否認，十年的愛戀時光霎時被揉碎殆盡，像是被一場龍捲風肆虐，樹倒了，花毀了，過去有多美好，如今就有多滿目瘡痍。

當一對好友情侶分手時，要保持中立還是困難的。我跟樹很要好，但更同情花的處境，我明白旁人不該對他人的感情指指點點，可我由衷期盼花能找到好的歸宿，而樹該要為自己的負心付出代價。

過不到半年，花和我分享他正與一名竹科工程師交往，並希望我能提醒樹趕緊將過去交往時所借的錢還清，還有，別再來求復合了，被同一個人傷兩次真的夠了。

當然，復合的事情我沒和樹提，只是他又再度失業了，只好轉向拜託我先替他還清欠花的錢，至於當初導致分手的曖昧對象最後也沒有下落。再後來，花真的在三十歲步入婚姻，在三十一歲生了個孩子，她人生就像是按圖施工，用幸福落成。而樹在少了花的督促與照顧後，身邊便再也沒有個伴了，原本就有舊疾的身體也日益嚴重，連工作也是有一搭沒一搭地打著零工，據說還欠了不少的債務，也包括我那筆討不回來的錢。

如果這就是背叛愛情的懲罰，我想我就看懂了樹的孑然一身，都是咎由自取的因果。

而我其實，也曾扎扎實實被一道現世報的落雷狠狠擊中過。

很多時候在感情裡先提分手的人，都不會覺得自己是個壞人，如同年少無知的我，也有過草草交往又匆匆離開的歷史。我沒有刻意要去欺負誰，但終究傷害了別人的心，後來我得知對方過得不好，我很抱歉也很自責，可我卻沒有當面遞上我的歉意。

接著懲罰來臨，我突然生了一場大病，在身上留下一輩子的後遺症。過了一年，我和一個我非常喜愛的人交往，那時的快樂很靠近天堂，然而卻又在轉瞬之間，對方用毫不留情的別離將我推下深淵，當時的我忽然領悟到被冷不防扔下的感受。「原來這就是報應」，我心裡真的這麼想著。

甚至後來，我在感情路上彷彿被詛咒般屢屢受挫，我知道無須穿鑿附會，可每當我再一次不被喜愛的時候，我都會想起當初被我傷害過的那個女孩。即便往後我踏上寫作的這條路，回應無數則讀者的感情問題與煩惱，我還是會有種「贖罪感」，好像每幫助到一個人，也許就能彌補一點當年我對愛情的輕率和魯莽。

「不是不報，只是時候未到」，我始終相信這個用科學難以解釋的法則。而它往往會出現在受害者看不見的時候，用著程度不一的方式，讓加害者嚐盡應得的苦果。這也說明了為什麼我們持續關注對方的一舉一動，卻遲遲等不到讓人大快人心的畫面，因為全天下的懲罰，都不是為了復仇或是痛快，而是用著一記記的耳光，驅使對方反省與成長，而這都已經與我們無關，是他自己未完的功課。

別著急，然後專注在自己往後的人生軌跡，總有一天他會讀懂並承受電影《大話西遊》裡的那句台詞：「曾經有一份真誠的愛情放在我面前，我沒有珍惜，等我失去的時候才後悔莫及，人世間最痛苦的事莫過於此。」

Play list

陳奕迅・想哭
林宥嘉・懲罰

*P.S.*

你過得很好，就是給他最痛的報復，即便你知不知道他過得好或不好，你都能放心的。

# 下載吧，網路上什麼樣的感情都有

每座閃爍霓虹的城市，
都會有無數個對比強烈的孤獨人類，
渴望情感流動，如大街的車水馬龍。

縱使有一萬種相遇的方式，你渴望浪花，我等待彩虹，與其談風花雪月，不如不見。

愛情的起始點，應該是什麼樣子？是席慕蓉筆下「前世的五百次回眸，換得今生的一次擦肩而過」的福分，是日久生情後的心意確認；還是「在我拒絕你兩次之後，第三次我會點頭」的老派約會。這樣緩慢的進展，在一個連上網路就能說愛的年代，早就不合時宜。

先說好，這篇的標題並非是交友軟體的業配，是「延吉街三人幫」的群組宗旨，取樣於網路流行語「睡吧，夢裡什麼都有」。意思就是，現實想要的得不到，那就去夢裡找，所以心裡最企盼能被安撫的寂寞，就下載個交友軟體滿足你的願望。

說起他們三人，是剛好都住延吉街的寂寞男子。幾年前，我應朋友邀約擔任聯誼活動主講人，那天他們磨刀霍霍，準備大肆認識異性，全場卻沒有他們的菜，轉而來找我閒聊。為了保留他們隱私，姑且化名「大叔」、「漢子」，以及「阿弟」。畢竟江湖上隱姓埋名的，都是高手。

關於戀愛，三人各有各的本事及目標。以想要成家的大叔而言，聯誼就是他的主場，畢竟來參加的人目標一致，聊得來、看順眼，全都眼見為憑。風險就是樣本少，一場頂多十幾人可挑，若沒有喜歡的，報名費飛了事小，只怕浪費幾小時尬聊。

漢子就社會化一些，他喜歡亂加入許多社團及同好會，像是登山、健身、電影、烹飪等，不管有沒有興趣，只要成團他就跟，一邊體驗人生，也一邊物色對象。其實，這些都算是合乎常理的交際，但漢子時常藏不住自己企圖，嚇跑不少女孩。

阿弟，則是交友軟體的扛霸子，無論你有沒有聽過的交友ＡＰＰ，他的手機桌面上都有。這可不是跟風，他從國中就會假裝成年混在網路聊天室裡，也算是走在交友時尚的尖端。現在的他，一天有上百個異性等著配對，就算是亂槍打鳥，只要點點幾個愛心等待回覆，日復一日，這投資報酬率可一點都不低。也因為入門簡單，大叔與漢子也都被他推坑，半年下來，男孩們就得到了共識：「下載吧，網路上什麼樣的感情都有」。

「戀愛」本身就是值得錙銖必較的事情。「三觀相符」已是基本配備，還有林林總總的眉角要一一比對。然而現代人最常用的交友軟體，有如一間不打烊的便利商店，琳瑯滿目的選項讓人眼花撩亂，每張陌生臉孔都在找尋目的不一的慰藉，沒有人知道對方的外包裝表述的是實話或謊話，也不曉得照片有幾成失真。說是全憑緣分，不如都別認真。

最貫徹「不認真」精神的人，當然是老手阿弟。他有基本的顏值水準，加上多年來網路話術的經驗，只要女生回他一個Like，八成都有下文，所以女伴換了又換，甚至同時好幾位他也應付得來。他一直很清楚自己要的是什麼，何況年輕的本錢足夠讓他遊戲人間。

漢子呢，則繼續他的無差別攻勢，只要是生理女性，全都給個喜歡。畢竟他很清楚自己的能耐，不高攀，也不排斥低就，腦子想的只有「脫單」。

事實上，他的確因此認識形形色色的異性，卻又縱情於招架不來的複雜關係，欣喜自己得到過往少有的關注，打著「認真找尋伴侶」的旗幟，卻又貪得無厭地想獲取更多溫柔。原本只是想要終結孤單，卻成了貨真價實的渣男。

至於大叔，從一開始排斥交友軟體，到後來姑且一試，竟莫名受歡迎。他外表維持得還算年輕，加上又是公司的高階主管，有車、有房，阿弟還特地叮嚀他絕對要特別註記這些「優點」，果然吸引到不少年紀相仿也期待婚姻的女性，甚至還有幾乎要小他一輪的女孩們。

本想找個伴走入婚姻，卻沒想到也跟著流連起來。約會對象年紀越來越小，他才發覺原來自己還挺有市場的，但代價就是高級料理一餐又一餐地請，奢侈品一件一件地送。他的同齡好友們個個羨慕，全直呼後悔太早結婚。起初，風光的他的確樂在其中，但當他回到家坐在只有一個人的客廳時，他總是更明白，內心渴望的是能一起過日子的女主人，而不是留戀青春殘影。

後來，他在交友軟體上遇見十三年前和平分手的前女友，他抱著好奇心態點了喜歡，卻意外配對成功。在寒暄話當年時，發現對方剛離婚，便約她出來散心，去了許多從前約會的地方，雖然物換星移，但青春的記憶在他們之中，將舊情誼復燃。

「當年和她分手時，連智慧型手機都還沒發明出來，竟然因為交友軟體找回我遺失的伴侶，連這種緣分都有，你還不快跟上！」大叔寄了電子喜帖給我，順道要單身幾年的我也試試交友軟體。我聽話，試了幾個月，配對成功的機率，可說是門可羅雀。的確，網路上什麼感情都有，但前提是要先有人願意和你配對再說。

每座閃爍霓虹的城市，都會有無數個對比強烈的孤獨人類，渴望情感流動，如大街的車水馬龍。本該是終生毫無關係的人，卻可能因為交友軟體的連結成就了緣分，但只要是緣分，就沒有什麼高下之分。

很多人會懷疑，在網路上能否找到真愛？但事實上，即使是現實生活中所認識的對象，錯的人就是錯的，怎麼相遇、怎麼相處都沒有太大不同，只有願不願意認真看待關係的彼此。

網路交友，之所以會引起較多的疑慮，不外乎就是有那麼一大群人，並不是將愛情擺在目的，卻又偽裝得類似於愛情。如果每個人都能把話說白，供需一致，那也許就沒有什麼太大的問題，但既然存在著這樣的風險，那我們能做的，就是不輕易將鍵盤敲打出來的字句，當作愛情到來的證明。

正因為兩人只有一個交友軟體的交集，所以就要用更多時間累積、更多對話將彼此觀念建立，而不是提到對方時，除了那些漫無目的的閒聊，和看過的那幾張照片，其他都一無所悉。

網路交友就像是種實驗，來得太急的緣分，與寂寞的化學反應，可以很激烈，但失敗率也極高。只能透過反覆驗算與測試，拿出彼此的真心誠意作為催化劑，建立趨於穩定的關係，那渴望的感情，才會在這場雲端上的不期而遇，得到證明。

Play list

吳青峰・最難的是相遇

蛋堡・遇見

*P.S.*

「還沒見過你，就已經愛上你」，全世界能做到這點的人，只有你的父母，其他都不算數。

# 故事不會從頭，你終究只是來過

時間拉長，擁抱也會碰撞出稜角，
那些藏好的陋習也開始露出尾巴。
你是獨立的存在，他也是。

總是在相愛相殺後，何寶榮才對黎耀輝說出那句：「不如我們從頭來過。」

《春光乍洩》裡，幾番成全，幾番放縱，我們都曉得他們最終沒有從頭，只能各在一方，用著自己的方式悼念這段感情。

看完電影的當下，我思考著，愛情真有如此困難嗎？如果何寶榮別這麼浪蕩不羈，能安分在這段關係，黎耀輝會離開他嗎？如果黎耀輝能不要這麼猜忌控制，陪對方享受每個當下，何寶榮會一再試探他的底線嗎？

也許，這就是為什麼我們終其一生，都在找尋著所謂的靈魂伴侶。畢竟大多時候愛沒有錯，只是不適合。我也曾經深信過，即便走錯了路口，再次重逢，仍然會有如初見的感動。

那時，她渴望探索新的世界，而我還在盡國民義務，幾百公里想念的距離，卻只剩下一則分手訊息。我怨懟她的不忠，氣憤她抵擋不了花花世界的誘惑，我也咒罵過這該死的兵役，還有不得不的分隔兩地。

後來，我到了有她的城市工作，百轉千折又拉拉扯扯，道歉與諒解阡陌縱橫，縫縫補補成一張復合的網，我們又攜手躍下。起初都是美好的，像撥雲後的陽光，以為就此晴朗。

但是，時間一拉長，雙人的擁抱再次碰撞出稜角，藏好的那些陋習也開始露出尾巴。

「不可能會從頭來過的。」我真的是這麼想的。即使，再回到我們的初見，我想我仍然會對她心動，但復合後的我們，依然還是我們，那個相愛卻又不相容的我們。

她做她的何寶榮，而我還是那個黎耀輝，早早寫好了序幕，也注定了結局。

復合總是被人們看得太過容易，以為就像跌倒後拍拍褲子上灰塵一樣，起身就能再次大步邁進，但或許我們根本還沒學會走，還沒修復好膝蓋上的小傷口，所以每步都顛簸，還有什麼資格談以後。

事過境遷，我們都能對過往一笑置之，也許是成長帶來的理解，才明白錯的只是當時不夠成熟的兩人。你可能是誰絕佳的對象，他可能是某個人夢寐以求的伴侶，只不過撞上的是你們倆，於是「合」與「不合」，僅是緣分的結果論，並不代表誰不夠好，誰又犯了錯。

有時，我們都太貪心了。奢望伴侶能有與自己嚴絲合縫的三觀，又企望可以從對方身上獲取自己缺乏的世界，最好沒有意見不合，但倘若有，也該是他溫順地配合，彷彿如你客製化的另一半。

現實生活的愛情，不會是你我理解的宇宙，只有一個太陽，其餘僅是繞著轉的星球。你是獨立的存在，他也是。不能接受彼此的好與壞，不能讓剛好的引力互相牽絆，不能擁抱兩人的不同，那只能任由時間產生吞噬愛的黑洞，不再還手與還口，但也不會為對方而留。

也許要到很久以後才會理解，當初那個相愛時多麼心有靈犀、走散時多麼大相逕庭的人，就像是一面鏡子，照出彼此的頑強固執與不合適。沒有人學會那些長久伴侶勢必經歷的磨合，只有折磨，只有消磨，兩不相欠。

有些人，注定會出現在人生某個篇章，無論是主角、配角，都句讀著你的生命。你可能會因此變成更好的人，也可能不會，但你要的愛情的輪廓，只會越來越明確。

年紀增長，你只會更清楚自己的身形適合哪些服飾，什麼髮型會讓你有更好看的樣子，即便看著過往照片上當初很滿意的自己，你也再不會變回去了。

哪怕那些故事有多麼精采，經歷過了，就都懂了。回不去了，就也沒什麼好可惜的了。

Play list

五月天・後來的我們
于文文・體面

*P.S.*

因爲努力過了，才會明白原來你們之間只有努力已經不夠，就像開向兩端的車，多少次回過頭望，也縮短不了距離分毫。

# 沒自信的人最怕寂寞，愛才總填不滿又掏不空

青春有限，不是要拿來漫無目的地揮霍，
或囫圇吞棗地去填補寂寞，
而是要找個理解且珍惜你的人，陪你一起做夢。

**「每個人都說要帶我脫離傷心，最後卻都只脫了我的內衣。」**

倩倩更新了Instagram動態，配上一張露出肩帶、下身失蹤的照片。這算是尺度小的了。明明從前她可是穿個裙子都遮遮掩掩，沒人看得到她脖子以下的肌

膚，但現在大家都笑稱她可能窮了，身上布料越來越少。

一年前，劈腿的前任分手時，對她說一句「看看妳的樣子，她比妳美，身材也比妳好多了。」這句立刻收錄於渣男語錄中，她的愛情觀也從此破了個洞。原來，即使盡了女友的所有本分，一張看膩的臉孔，怎抵擋新人的溫柔。

她開始自卑，彷彿這副相處超過二十年的皮囊，因一個突如其來的否定，便從此不得見光。她變得不喜交際，只要有人盯著她看，就渾身不自在。哪怕我們知道她被劈腿的理由，每個人都忿忿不平，但給她再多的鼓勵和安慰，都塞不滿她的自我懷疑，畢竟都是朋友，讚美都得打折。

人的心其實沒那麼堅強，不足以能承受愛了兩年的人，親手刨開她的自信，抽空她的愛情，還仍下這麼傷人的理由，與日以繼夜的寂寞，說走便走。

後來，她聽朋友說，交友軟體上面的男生很有趣，她也載了個APP，放上兩張生活照，在自我介紹寫「一個不被愛的女生」。然後，她只需要躲在螢幕後面，待價而沽般地看看這樣的自己，能有怎樣的不期而遇。

沒幾個小時，手機震個不停，五花八門的招呼語，像是匯集她此生所有的異性緣，壓根沒想過自己這麼受歡迎。每個男人都說她美，說她值得被愛，說甩了她的男人一定是瞎了。她全信了。

受到那些男人的鼓勵，她將自己的Instagram轉成公開，放上一張比一張更火辣的照片，追蹤數不斷攀升，她發現照片裡的自己只要領口低一點、腿露多一點，得到的盛讚，彷彿就能暫時填滿內心的空洞。

她開始約會，享受男人們的讚美，她明知道對方約她出來的目的也許不單純。但夜晚太長，熙攘的城市容不下寂寞的人，每一句甜得生糖的話語，都類似愛情。

她開始夜夜笙歌，甚至接起業配、拍攝，受邀參加一場又一場的party，卻也漸漸和我們這群朋友疏離。原本，我以為她對當下的生活模式很滿意，卻在她Instagram的摯友限時動態，看到越來越多負面詞句。

**「沒有人懂我的寂寞，也許我現在從這裡跳下去，他們才會懂。」**

**「每個人都說要帶我脫離傷心，最後卻都只脫了我的內衣。」**

**「他們都覺得我是個隨便的女人，但我是嗎？我也不知道。」**

**「如果沒了這個身體，你們還愛我什麼？」**

我忍不住回覆，想要安撫她的情緒，她立刻已讀，說想和我聊聊。即便她的大頭照是張惹火的比基尼，但字裡行間，我不見女孩的光鮮亮麗，只有一個渴望被理解卻被寂寞吞噬的靈魂。

她始終忘不了前任給的傷害。原來從那刻開始，她已病入膏肓，後來任何嘗試與改變，都只是在找能讓自己復活的方法。她真的好不容易，才稍稍拼回被摔碎的自信，她想證明前任劈腿的理由不成立。

可是，然後呢？向她示好的男人絡繹不絕，只是這之中有多少具愛情的成分？每每以為降臨的是救世主，卻一再送給她看不見未來的末日。

每段失敗的關係，都可以歸咎運氣不佳，或著嘲笑自己眼光不好，但有沒有一種可能，是你渴望的愛情，本應該是嘉明湖上的波光粼粼，但在心裡卻只有被寂寞深掘的窟窿，盛滿被上一段感情弄疼的心碎，和害怕一個人度日的淚水。

倩倩說，以前沒自信的時候很怕被丟下，現在有自信了卻總遇人不淑，很想把自己往樓下丟。我告訴她，如果不是打從心裡喜歡自己，那就不叫自信，所以現在她不僅仍然是當初沒自信的女孩，身旁圍繞的更是遠超過她能理解的豺狼虎豹。誤入叢林的白兔，就算披上獅子的鬃毛，也遮掩不住紅得發亮的眼睛。

「愛自己」這種陳腔濫調的說詞，每個人都知道，只是做不好，但為什麼這三個字仍被奉為圭臬？因為大多數的人仍渴望被認同、被愛、被重視，彷彿只有先獲得別人的肯定，才能證明自己是值得被好好對待的。於是拚命索求，虛耗一場又一場沒有下文的緣分，像在迷霧中狂奔，沒有弄清楚你要的不是依賴誰來終結孤單，而是即便孤單，你都有本事讓自己活得好看。

唯有你知道自己配得上怎樣的好人，才能看清楚偽善，才能不因幾顆糖的誘惑就跟著陌生人走，才能在寂寞面前，有底氣地不輕易屈服。

⁝

距離上次和倩倩對話，已過了兩個月，她Instagram的照片漸漸將衣服穿回來，約會也少了，開始學起攝影，在底片相機下的她，眉宇多了點從容與自信。無可避免的是，她的粉絲數跌得很快，我問她是否在意，她說反正又不是存款數目，有什麼好放在心上，更何況，我的Instagram比她多經營好幾倍的時間，多年來的追蹤數卻仍遠遠不及她。

很好，她的自信找回來了，反倒開始摧毀我的自信了。

「可是我真的好奇，好男人會不會都死會了？否則我怎麼都遇不到？」倩倩說。

「緣分本來就是運氣呀，但恕我直言，這裡還有一個沒死會。」我回。

「嗯，你是，但我還是繼續單身好了。」她回。

很棒，她已經懂得分辨什麼是自己要的、什麼是不要的了，這我就放心了。

覺得自己不夠好的人，都是辛苦的，不僅想要的不敢拿，怕自己沒人要便又草草亂抓一把。於是愛情就成了手上難以控制的生魚，做不成美味料理，餵不飽寂寞，還沾得整手腥。

就肯定自己一次吧，就像張愛玲寫的那句：「不管你的條件有多差，總會有個人在愛你。不管你的條件有多好，也總有個人不愛你。」

殘破的愛情一次又一次上演，縱使別人有錯，但別忘了主角是你，只有你自己才能改變故事的結局。青春有限，更別拿來漫無目的地揮霍，也別囫圇吞棗地填補寂寞，真要好好地浪費，不如找個理解且珍惜你的人，陪你一起做夢。

無關你條件好或不好，只關乎他愛不愛你。

Play List

蛋堡・過程

楊丞琳・青春住了誰

*P.S.*

**我們未必能幸運遇上最好的戀情，但絕對有能力去判斷自己要的是怎樣的感情，寂寞或者誘惑都不是理由，你要談一場對得起自己的愛情。**

# 若不是打從心裡願意，沒有人能夠強迫你

別再欺騙自己無怨無悔，
你只是入戲太深，把侍奉別人的劇本，
活成自己的人生。

我們最常對情人說的兩句謊話，就是「我沒事」、「我心甘情願」。前者是鬧情緒，想要對方的關心，後者是把辛酸吞下去，想要對方開心。

認識我的人都知道，我不太能喝酒，一瓶鋁罐啤酒喝完，我會還你一晚的哈欠。當然也不是沒有過喝得太多的時候，十九歲時失戀，參加朋友辦在暢飲夜

店的生日宴，索性整晚往吧檯跑，喝了超過十杯的調酒想把自己灌醉，結果腦子還是清醒，只是吐了一地。

可能是體質的關係，相較於其他人，酒精在我身上威力無比，又加上小時候幾次看見穩重的老爸，應酬後在家失態，老媽氣到哭了出來的畫面，我始終對酒沒有太大的好感。

進入社會，總是遇到把灌他人酒當作興趣的同事或客戶，什麼「不喝很掃興」、「不喝就是不給我面子」，這類的瘋話我聽了太多。一開始，我以為這就是職場叢林的生存法則，所以會乖乖喝，可是喝完以後我不僅不舒服也不快樂，只是讓我更加厭惡這種無理勸酒的場合。

身為一個喝酒的外行人，連我都曉得酒是拿來放鬆、用來品味，才不是一杯一杯地灌，折磨自己的肝。

如果明知這個局是要灌酒的，我便會找藉口不參加，但假如到了現場才發現是這樣的場合，那我也會想盡一百個理由不喝。我所謂的「不喝」是不被逼著喝，若這杯能夠助興，我自己就會先端起來同樂。自從有了這個規矩，我喝下的每口酒都是甘願的，他人儘管乾杯，我隨意即可。

活著要累的事情太多，如果只會迎合，沒有拒絕的勇氣、沒有自我的原則，那他人的尊重與珍惜，你又要怎麼獲得？

這輩子，我看過最奴性的人，算是張貞了。在一個小公司做行政助理，應徵進去時人資告訴她：「基本上就是簡單的行政工作，上班時間彈性，只要做完就可以回家了。」後來才發現，事情根本沒有做完的一天。從一開始的收發信、跑腿訂飲料，到後來製作財務報表、會議記錄，全都變成她的份內工作。甚至因為張貞長得很好看，如果客戶是男性，業務也會帶著她一起出門充充場面。

以前公司都會有個桌上貼滿便利貼，寫滿同事委託代辦事項的人，大家都稱她

「便利貼女孩」，但現在通訊軟體太方便，有事在群組tag一下就能交付任務。有一次，看到張貞的通訊軟體滿滿的群組，每一列都是「您已被標註」，我笑她根本是「tag girl」，她翻了個白眼說：「工作嘛，不就是這樣」。

「那戀愛呢？難道也是這樣？」我指著釘選在最上方，她男友的一則訊息。「**明天請個假，跟我回高雄看我媽。**」

每一次和張貞吃飯，她總盯著手機看，深怕錯過男友的訊息，索性釘選在LINE最上方。有次她手機沒電，見到我就跟我借充電線，一到餐廳便趕緊找充電孔，手機才剛開機，電話就打來了。我遠遠就聽見聽筒裡的怒斥，張貞只能不斷道歉。掛掉電話以後，我問她發生什麼事，她一邊呢喃著說「明明告訴他我今天有飯局的」，一邊看著手機上顯示的十一個錯過來電、十五則未讀訊息，這還僅僅只是從手機沒電算起的二十分鐘內而已。

「**今天我加班，晚點去我家幫我餵貓。**」

**「順便幫我去7-11取貨，錢先付一下。」**

**「經過夜市時幫我買鹽水雞。餵完貓要離開時，門口的垃圾記得拿回去妳家社區丟。」**

看完訊息我感到不可思議，不只是因為這些雞毛蒜皮的小事就要奪命連環扣，以及這近似雇主與傭人的對話，而是張貞那副習以為常的表情。

「對不起，我們只能下次再約了。」她拔掉充電器後還給我，一臉無奈地向我道歉。

「沒關係啦，但妳為何願意做這些事情？」我問。

「不這麼做他就會生氣，你剛剛也聽到了，但他平常人還是不錯啦。」

一說完，她便匆匆離開，而我只能看著她慌張的背影，以及剛上桌的菜。

這就是所謂的愛情嗎？包容對方的無理取鬧，讓自己成為另一人的附屬品，本該讓彼此開心的付出，反倒更像是一種義務。不甘願，但得做，太多埋怨，卻不敢說。

幾個月後，他們分手了。我很開心張貞做了對她自己最好的決定，結果她和我說，是她被甩了，她還是很想他，甚至搞不懂自己都這麼努力了，為什麼他還是不要她。

可是，愛情哪裡是努力就可得。真正愛你的人，哪裡捨得看你這麼努力。

比較愛的人，總是選擇讓自己多做一些，好像只有這麼做了，就能等價地交換應得的回報。如果是根據牛頓第三運動定律，或許這樣想就真的成立，可是人心無法用科學佐證，若對方的頤指氣使是一種依賴，到頭來，你不過是愛上了一個無賴。

更何況，你摸著自己的心，問問有多少無理的要求，是你打從心裡願意？你怎麼就會覺得，自己配不上一個與你相同，能溫柔相待的對象呢？

說句難聽的老話，爸媽將你養大，可不是要你活得像是被糟蹋。別再欺騙自己無怨無悔，你只是入戲太深，把侍奉別人的劇本，活成自己的人生。

•••

張貞分手後的兩個星期，我特地約她到酒吧，我當然還是不擅長喝酒，但小酌卻正是時候。我告訴她，人生應該就要像是我手裡的長島冰茶，我知道我喝完這杯，明天肯定會迎來我最討厭的宿醉，但我還是想喝，我得要真的想，這才叫「心甘情願」。

那晚我看著她，終於可以不用盯著手機，酒一杯接著一杯點，然後吐得唏哩嘩啦，像是要把這幾年來的滿腹委屈和隱忍的辛酸，一次全吐得乾淨。

也許她不曉得，這是我見過她最自在的時候。用一場酩酊大醉，換來恍然大悟，所謂的甘之如飴，都必須得發白內心。

Play list

周興哲・我很快樂

孫盛希・自我癒合

*P.S.*

**連談一場感情，都做不了自己，那誰又能夠保證，哪天你不會被代替。**

# 他這麼善解人意，你怎麼還不懂得珍惜

善解人意的孤單，是一片赤誠沒被好好看待，
是用心良苦後的自討苦吃，
就因為他能忍人所不能忍。

很多人都覺得被形容「善解人意」是稱讚，但只有當事人明白，那要用多少的孤獨交換。

要當個懂事的人已經不簡單，還要能懂別人的細膩心思，談何容易？不僅如此，最好還能在換位思考後，表現得體貼大方。

這樣的人設，誇是值得誇，但怎能叫人不心疼他？

從小和我一起長大的大王，和我同姓，因為長得比我高，所以叫大王，我便叫小王，不過近幾年我已禁止朋友這麼叫我了。

以前每個人「大王」、「大王」地叫，他後來還真覺得自己是個山大王，對我們這些子民照顧有加，有什麼好處都分享，有什麼忙他能幫的就鐵定幫。各種苦差事，像是聚集分散各地的朋友聚會，大家就推給大王，聯絡及訂餐廳都讓他一手包辦。朋友們工作上有需要幫忙、什麼屎缺沒人要，東推西推最後仍交給大王。

什麼「好好先生」、「里長伯」、「好人好事代表」，全都是他人生的 hashtags，他從來就不為幾個褒讚開心，偶爾私下抱怨，但口嫌體正直，再燙手的山芋，丟完一輪都還是會回到他的手裡。

當然，只要他覺得沒差，那想怎樣都隨他，但我真看不慣人們將他的好當成理所當然。比如，朋友群打算送生日禮物給他，結果大家結論是隨便送就好，反正他又不會計較，就買個便宜蛋糕隨意打發；若公司有個專案超級棘手，沒人敢接，就會有同事起頭提議交給大王，大家立刻附和說他能幹又願意幫大家分擔，主管問都不問就直接交給了他，這樣的重任有如集體霸凌。

大王生日的前兩天，我們相約吃飯，我拿出為他準備的生日禮物，順道提起那便宜的蛋糕。

「你難道都不會生氣？」我問他的時候，火氣比他還要大。

「這算什麼？高中時有個值日生不小心把廚餘桶翻倒，整個倒在我桌上，我的課本和外套全毀了，當時大家還很緊張，想說脾氣火爆的阿湯會殺了值日生。結果我從廁所回來看到傻眼，大家才想起上週換位置，哄堂大笑說著『是大王的桌子就沒關係，他不會在意！』操，我氣死了，但還是說了沒關係，因為我知道對方不是故意的。」大王說得很氣，但嘴角仍笑著。

「你就是這樣，明明會介意，卻不表現出來，這麼沒有個性，才會被『吃人夠夠』！」我越說越氣。

他聳聳肩說：「因為我不知道我有個性了，別人還會不會喜歡我。」

「但你就算這樣，上個月告白的女生也沒有喜歡你啊。」我神回，也挨了記大王的神來一拳。

⋮

大王其實挺受朋友歡迎，畢竟好相處的人，人緣肯定不會太差。可是，一說到談戀愛，好相處從來就不是一個戀人的門檻。

雖然，就我看來，被他喜歡上的女生，都是幸福的。

他能在對方不開心的時候徹夜陪聊，在開心時跟著開懷大笑，能每天下班不順路地載著對方回家，能在對方不舒服的時候遞上熱可可，能記得對方的所有喜好與不喜歡。他說過，只要喜歡的女生，他肯定用心來疼。

這年頭能從骨子裡體貼的男人不多了，可惜偏偏這年頭，也不流行他這樣的暖男。每個女生都說他真好，但她們能給他的，只是一張又一張的好人卡。他也交過幾任女友，但幾乎不得善終，不是被劈腿，就是對方在分手後無縫接軌。他問過女性好友原因，結果一樣，都說他「人太好」。

女生喜歡的是「只對我好」的好，而不是那種「好好先生」的好，所以看起來壞壞的男人，只要有他十分之一的好，一個反差，就足夠甩他好幾條街了。他不懂，什麼時候「好」成了一種缺點？明明他多麼渴望能被善待，所以才不去對誰虧待，可怎麼到頭來，倒是他的問題了？

••••

如果可以，誰不想要做自己，當個任性的人？然而，這些任性的人之所以能在團體裡生活，不也是身旁有一群善解人意、願意包容的人，無償付出嗎？只是，這並不代表善解人意的人都委屈，在某些方面，他們肯定得到內心所需的養分。就像我知道大王不是個濫好人，只是比起紛爭，他更喜歡和平；比起誇張情緒，他更渴望溫柔以待；比起戲劇性，他更期盼現世安穩。

他理性，他成熟，而這些都是在他成長過程，所看透的人生。他知道自己拍桌走人，事情並不會因此解決；他知道自己若一意孤行，沒有人會與他結伴同行；他知道歇斯底里，結果不會改變，甚至也得不到其他人的在乎。

所以他善解人意，因為他比任何人都懂得吞掉自己的負面情緒，甚至還能早一步去感同身受對方的處境，即便有時他也渴望卻得不到相對的理解，即便他也想過為何體諒總是自己的職責，但他仍願意不厭其煩地當那個和煦的大男孩。

「所以你覺得我個性要改嗎？」大王一臉苦惱地看著我。

「要改你早改了。而且我真的覺得，你的問題並不全然是個性。」我笑著說。

大王作勢摩拳擦掌，我趕緊說：「是你要找到願意珍惜你的好的人。」

善解人意的孤單，是一片赤誠沒被好好看待，是用心良苦後的自討苦吃，就因為他能忍人所不能忍，所以不爭不鬧，儘管對他而言人是不痛不癢。

太稀鬆平常的好，的確一不小心就讓人習以為常，甚至軟土深掘，如一隻柔軟蓬鬆又無攻擊性的綿羊，在某人的眼中就是待宰肥羊。

一個人的善良，從來就沒有錯，你當然可以恣意地訕笑嘲諷，但更應該溫柔輕捧，因為他明知道你並不在意，還是向你示範待人的真心誠意。

璞玉無光，是因為你沒能看見他的可貴，每一份善意體貼，都該有一份相惜與之匹配。

Play list

田馥甄・獨善其身
叮噹・只是不夠愛自己

*P.S.*

善解人意的人什麼都明白，明白對方的行爲、想法和喜怒哀樂的原因，可就不明白，這樣的自己，爲什麼就沒有人喜歡。

# 全世界的失戀，都是爲眞心讓路

失意的時候，很多人都在試圖找尋不放棄的理由，
而失戀恰好相反，必須給自己一個死心的證據，
才能揮揮衣袖，將雲彩留在那場空缺一塊的夢。

在千百種你不喜歡我的可能裡，我希望像是磁鐵兩極般，一個我怎樣努力都注定相斥的距離。至少代表不是我不夠好，只是老天不允許。

要不是那天突然下起大雨，讓我急忙躲進一旁餐廳的屋簷下，我就不會透過玻璃窗，看見他和另一個女孩親暱地依偎著。其實這對我來說一點也不重要，但

偏偏我身旁是愛慕他好久的劉思，我知道大事不妙了。

劉思是之前朋友要介紹給我的女生。第一次見面時，她就說她的理想型是防彈少年團的金泰亨，我偷偷趁她和共同朋友聊天時查了一下，得到他的關鍵字是「全球百大最帥男星臉孔冠軍」、「花美男」等，而這位明星和我也沒有一點相似之處。我及早認清事實，自己並非她的菜，也因為初識就不帶任何感情上的期待，我們後來便成了無話不談的朋友。

說起她對韓國娛樂的狂熱，並非我這種普通人能理解。她的歌單裡沒有一首華語歌，每齣熱映的韓劇就必追不可，電視上的韓國藝人即便在我眼中看來一模一樣，她還是能如數家珍，而她飛去韓國旅遊的頻率幾乎和我返鄉的次數不相上下。更誇張的是，嫁給韓國人也早已是她人生清單中的一項。

所以，當朴賢像是橫空出世般地走入她的生活，她若不為他傾心，根本毫無道理。台韓混血的他，今年才搬來台灣，一百八十公分的身高，一頭咖啡色中分瀏海配點微捲，唇紅齒白加上內雙大眼、挺鼻，左耳還掛著十字架耳環。以他這種長相，如果不是從韓劇走出來的男主角，就是某個男團的顏值擔當。以上這些，都是她形容給我聽的。

兩週前，他開始光顧劉思上班的咖啡店，每天一杯熱拿鐵，固定坐在靠窗的單人沙發上看書，陽光灑在他的臉上，實在好看。劉思忍不住找他攀談，問到姓名，以及他有韓國血統的小道消息。某天，我假借探班名義，想去會會這位讓她魂牽夢縈的男人，看了半天也沒找到傳說中的美男子。

「就是他啊！」劉思一邊煮著咖啡，一手指著角落座位。

「小姐，妳的隱形眼鏡有濾鏡功能嗎？特徵是相去不遠啦，但沒帥到那個地步好嘛！」我一整個大失所望，總不能有韓國血統就像含金湯匙一樣，連外表都能增值吧。然後，我就惹來一頓痛罵。

之後，她介紹我們認識，簡單地問候幾句，我就跟著劉思回到吧檯了。

「妳確定他是單身嗎？我看他椅子上有個包裝過的小禮物。」我說。

劉思笑著說：「這你放心，上次我同事偷問過了，是單身沒錯！」

「那他喜歡男生還是女生呀？妳看，他的型和我同志朋友的伴侶超像的。」我滑了滑手機照片。

劉思靠過來看兩眼回說：「是真的滿像的，為什麼帥哥都是同志啊！但我覺得他應該不是。」

「第一，他真的沒這麼帥，第二，不是每個帥哥都是同志，我就不是。」我試著糾正她，然後又討了一頓罵。

過了幾週，他們越來越熱絡，總有聊不完的話題。然而，朴賢也會不時詢問台灣女生的喜好，甚至對她的職業也感到好奇。對劉思來說，這已是一種明顯的暗示。以韓劇的劇情走向來說，她對男孩的著迷，應該已到最高潮片段。

有天中午，她特地和我約在一家早午餐餐廳，美其名是吃飯，但話題全圍繞在朴賢。「如果先表白會太沒矜持嗎？韓劇裡通常是男主角先表示耶。」她苦惱地問我。對於這類的問題，我已回答上百次。我說：「都什麼年代了還分男女，喜歡就說呀，他怎麼回覆妳比較重要吧。」「如果我說了，他不喜歡我怎麼辦？我一定會難過到爆炸。」她皺著眉一臉煩惱，而我看了看窗外。「妳看外面這麼陰，我們不管早走、晚走，會下雨就是會下雨。所以既然你們都相處一段時間了，早說、晚說，他會喜歡妳就是會喜歡妳。」

為了趕在大雨前能到她上班的咖啡廳，我們草草吃完，卻仍在路上迎來傾盆大雨，只是沒想到在躲雨的屋簷，又迎來另外一陣狂風暴雨。我忘了是如何結束這狼狽的一天，只記得我連忙到便利商店買了把傘，在大雨中狂奔追上劉思。她說她不想上班，只想在大雨中冷靜，我說這畫面太韓劇了。於是我就這樣撐著毫無作用的傘，任雨濕透我們，一路護送她回家。

隔天，我們都感冒了。她傳來訊息，說失戀的感覺糟透了，我回她，發燒的感覺才真的糟透了。她說，朴賢旁邊的女生就是和她對班的同事。自始至終，都是她的自作多情，他對台灣女生、對咖啡的興趣，甚至他每天來到店裡的原因，都不是為了自己。

一週後，我在咖啡廳打烊後去找劉思，我坐在吧檯聽著Billie Eilish的《Wish You Were Gay》單曲循環，喝著劉思泡給我的espresso。苦，真的有夠苦，能把心情泡進咖啡裡，這功夫實在了得。

「我每天看著他們，心裡難受得要命，他肯定知道我喜歡他，但他卻利用我去摸清另外一個女孩的喜好。除了祝福，我也只能接受他壓根沒把我放在心上的事實。」劉思趴在吧檯上，眼淚隨時要滴下來。「如果他就像你說的是同性戀，那就好了，我還能說服自己並不是我不夠好。」

這讓我想起過往經歷的故事。

我曾經喜歡過一個女生，那陣子我總是熬夜，我們有太多話題可以聊，談音樂、聊心事甚至還能一起打電動，漫長的夜晚很容易就揮霍完。

我們下班後常共進晚餐，過馬路時她會拉著我的手臂，在機車後座也會輕靠在我肩背。於是，我在喧鬧的台北東區，一個相較寧靜的小公園告白，她笑著說我知道，但再給她點時間思考。後來，幾天我們一如往常，甚至我在她員工旅遊前一天為她求了平安符，卻沒想到那是最後一次見到她。

她人在日本，訊息開始越回越慢，甚至未讀幾天，我本也不以為意，但她就像是人間蒸發似地消失了。從原先擔心她的安危，到看著她臉書上線的小綠點，以及不讀不回的對話框，我開始不斷地問自己做錯了什麼。傳出的訊息如石子扔下沒有盡頭的深淵，我卻也跟著墜落，束手無策。

一個月後，我終於收到她的訊息：「想和你說聲抱歉，雖然很突然，但我有了交往對象，我的腦子很混亂，也知道自己很糟糕，但你沒有做錯什麼，只是我不知道如何處理和你的關係，所以就選擇逃避。我不曾當面對你說過，但很謝謝你一直以來的陪伴和傾聽。」

幾天後，我看到臉書上她和別人的親暱合照，對象是一位打扮較中性的女孩。我這才明白，她曾說過從未交過男朋友，原因在此。如果問我，這樣的理由是否比較好受，我會告訴你，失戀的痛感並不會減少分毫，即使多了份諒解，但我的心仍流離失所。

失意的時候，很多人都在試圖找尋不放棄的理由，而失戀恰好相反，必須給自己一個死心的證據，才能揮揮衣袖，將雲彩留在那場空缺一塊的夢。

告別很難，難就難在內心仍有期許，那期待有如是星星之火，燃起對那人的眷戀再簡單不過。即使如此，能熱切喜歡一個人的感覺，就是踏實的能量，就像那些曾讓你大失所望的全劇終，也無法抹煞你每天在電視機前殷殷期盼首播的歡喜。

不如預期的結果，是可惜了，但至少這段過程，是可愛的。而我始終相信，那些沒能趕上的幸福，都只是繞了遠路，既然真心尚未抵達，該失去的，也就沒那麼讓人牽腸掛肚。

Play List

HUSH・都是你害的

郭靜・知道

*P.S.*

很多時候，我們只是很難接受自己不過是他人的選擇題，

而且還是那個被輕易劃掉的選項。

# 記憶不是記住什麼，而是經歷了什麼

不是每段關係，都能成為值得一刷再刷的電影，
也不是每個人，都有能力吹走來過心裡的陰影。

有首歌，好長一段時間我是不敢聽的，因為我知道前奏一下，我就會立即回到那事故現場。

十八歲那年某日，熙來攘往的淡水老街燈火通明，我和她坐在很靠近淡水河的石板椅上，手裡還拿著沒吃完的章魚燒。

共同朋友將我們湊對，把我們介紹給彼此，剛升上大學的男男女女，都會迫不

及待想要談一場離家後無拘無束的戀愛，而我剛好是在那群朋友圈裡最後一個落單的。這近似相親又過於明確的目的，在我們見面的那刻，就被瞎起鬨的朋友毫不保留地暴露了。於是我們打從認識的一開始，幾乎就是為了之後在一起而鋪陳。

這種感覺，像是你只要說出關鍵字，就能理所當然獲得一份價值不斐的禮物，我想不到有拒於門外的理由，可心裡卻也沒有足夠的踏實感，證明我多想要擁有。

很多人都說結婚需要衝動，我想告白也是，那需要強而有力的衝動，去衝破內心的徬徨和猶豫，去放大孤單與對戀愛的憧憬，然後脫口而出那本該說到做到的許諾。

那晚，我們坐在還未填海造陸的淡水老街，吹著從河面迎來的入秋微風，有一句沒一句地聊著，我們都在等著某個話題，只是不斷迂迴著。我按耐不住，想著也許是時候了，便含糊地問著要不要在一起。

我瞄了她一眼，嘴角像是微微笑著，兩手手指搓揉不停，眼睛看著地上的石板路，想必是在思考著要怎麼回覆我。

我雙手撐著椅子，看著渡船從碼頭緩緩駛向八里，我就一直這樣盯著隨浪潮搖晃的燈光，一句話都沒有再說。也許我對於她的回應胸有成竹，又或者在想著之後與她的關係會變成什麼樣子，沒回過神，任憑時間走著，只是看著渡輪越來越遠，越來越遠。

我不知道過了多久，但肯定是不短的時間，躁動的老街都變得安靜許多。我們靠得很近，大概就一盒章魚燒的距離，章魚燒肯定涼了。後面的店家，放起了梁靜茹的《情歌》。

**你和我／十指緊扣**
**默寫前奏／可是那然後呢**

我下意識側過頭看她一眼，她也轉過來看著我，就說一個字「好」，然後右手跨過了章魚燒，放在我的左手上，我反轉左手，就這樣把她牽起來了。那時還是太不成熟，懂得怎麼牽手，卻沒弄清楚什麼是擁有。

不出幾個月，我約她來到相同的淡水河畔，提了分手。分手的原因無他，是起頭時的莽撞，才會誤以為時間能加深彼此感情，終究是我太看得起自己。我讓感情草草開始，也草草地結束，這是我當時唯一想到可以解除壓力的方法。尤其看著對方不斷地付出，自己卻無力回饋，就像不斷倒入液體的水缸，終會有滿溢的一天。

我以為這是互相牽絆的終點，卻成了我被內疚吞噬的起點。

分手後的一個月，我獨自走在西門町，經過和她去過的星巴克，想起那時她帶著自己做的餅乾，要我配著星冰樂一起吃。偏偏，當時梁靜茹這一首《情歌》正紅，電視台、廣播強力放送，我走在熱鬧街頭，卻像被困在城市牢籠，每句歌詞、每個旋律都在責備著我。

我承認我脆弱不堪，我畏懼良心的譴責，我無法接受自己成為誰愛情裡的劊子手。說來實在可笑，沒人知曉這首歌播放起時，我根本無處可逃，還以為只是做做樣子，以為只是假裝重視，但卻不曉得傷心有多種樣式，一首歌就能輕而易舉地在我心頭上放肆。

曾經，我們都天真地以為記憶有時效性，但有些經歷在心上落根，從此成為身上的胎記，就像挑食的人，也無從說起是從何時開始討厭某樣食物。愛情，也就是如此，分手後兩人的緣分可以過去，但總會留下些什麼，讓我們怎樣也過不去。

不安全感也好，不敢再信任愛情也好，狂奔過的青春，都會留下殘影。不是每段關係，都能成為值得一刷再刷的電影，也不是每個人，都有能力吹走來過心裡的陰影。

多年後的現在，我還是無法在聽見《情歌》時，內心不起一絲波瀾，但我已不再會將它歸類在人生的缺憾。記憶像海，海會生浪，浪起因風，風就像過去的傷害與悸動，我們各自吹過，各自享受，也各自疼痛，最後學會在記憶裡休戚與共。

Play list

梁靜茹・情歌
林宥嘉・已經敢想你

*P.S.*

**有些過去因爲太過深刻，所以才被牢牢記得。但我只是想起你，不是想你。**

# 輯二

# 失戀博物館

失戀是找到靈魂伴侶的唯一路途，
只是現在你還不知道而已。

## 將眞心安放最好的方法，就是永遠能對他再好一點

珍惜這件事，就是永遠可以再多給予一點，然後要給就趁現在，別老是說下次。

我無法摘下星星給你，變不出你愛的奼紫嫣紅，買不了你所想要的一切，所以我能想到不負你真心的辦法，就是對你再好一點，讓我們相處的時光成為無可取代的吉光片羽。

最近為住了將近十年的租屋處來一次大掃除，最讓人驚喜也最讓人煩惱的莫過於，有時會冷不防地翻找出幾乎快被遺忘的記憶，一不小心就掉進回憶漩渦裡，當天的打掃進度也直接歸零。而那天讓我停下來的，是一顆恐龍的牙齒。

那是前任去歐洲旅遊時，在市集找到的寶貝，當時她回國後神秘兮兮地拿出一個被精美包裹在小帆布袋裡的禮物，要我猜猜看是什麼。想當然，誰能猜到裡面裝著恐龍的牙齒。

「你為什麼要送我這個？」我拿著一顆10公分的牙齒端詳著。

「因為很特別呀！是真的恐龍的牙齒耶！」我記得她的眼神閃閃發亮著。

「怎麼可能是真的，如果是幾億年的化石不是應該在蘇富比拍賣會上被高價競標嗎？你花多少錢買的？」我說。

「不告訴你，我說它是真的就是真的。」她似乎對我的反應不太開心。

我時常被自己務實的金牛座個性給煩惱著，收到的禮物若不是真心非常喜愛，或者實用性很高，總是裝不出驚喜的樣子。即便我也覺得恐龍的牙齒很酷，但我仍不自覺地追根究柢它的真偽與價值，而忽略了她送我的心意與意義。

回憶起和她第一次約會，我送了一盒巧克力球，她開心得像個孩子般的笑顏我至今難忘。我想她是喜歡小甜食吧，所以時不時就會送她，而她每每都能露出如第一次收到般雀躍的歡喜，那時我心想，她真是個容易滿足的女孩。至於她呢，送過我她熱愛的靈性蠟燭、聖木和一些如恐龍牙齒般獵奇的小物……。

想到這裡，我在那個暫停打掃的午後，拿著恐龍的牙齒忽然就紅了眼眶。原來，她總是將自己所珍愛的一切給予我，就像我曾看過別人說，貓會叼來小動物的屍體，是因為牠們會和最親愛的主人分享喜歡的東西，而那些我可能看不懂的禮物，也都是她珍愛我的證據。反觀，我卻用著毫不費力的方式，略施小惠以為她有開心，這樣便足夠了。

我突然又懂了，後來的我們道別得很平和，也許是因為我始終都沒有真正弄明白她想要的是什麼。我一直用著點到為止的力度，輕捧著這段關係，她沒說不好，我就當真了。但我怎麼會就這樣說服自己得過且過地去喜歡一個人，怎麼會在她決定轉身離去時沒拉住她的手，當時她淚流滿面應該是在等我挽留吧，可我只是哭著祝福，親手葬送最後一次能展現出真正對她好的機會。

我好像是個拿到及格分數就沾沾自喜的學生，她教我如何用更高的分數愛人，我卻執意用著錯誤的公式，計算著無解的習題。

我們或許不是靈魂伴侶，也可稱得上並不完全適合，但一起走過冷暖交織的光陰，我對她真心的疏漏，也許才是兩人走成陌路的元兇。

如果時間可以重來，就算我們的結局依然兩散，我發誓在那段相愛時光，必然付出地不留遺憾。又或者，若當初我能竭盡心力，不怠慢她的真心，會不會飛出一次蝴蝶效應，扭轉了結果呢？可惜沒有辦法回溯，我只能用這短暫的篇幅，作為遲來的禮物，感謝她的陪伴，並告誡我自己，每一份真心誠意的情感，都值得一份更好的對待。

雖然最後，我還是不知道我手中這顆恐龍牙齒是真是假，但我總算真正弄懂了珍惜這件事，就是永遠可以再多給予一點，然後要給就趁現在，別老是說下次。

Play list

和平飯店・今年一定帶你去看海
韋禮安・女孩

*P.S.*

不讓自己有後悔的機會，所以只能及時善待每個誠摯的靈魂，不去計較，不去討價還價，才不辜負每次相遇。

# 想讓誰幸福，卻只是浮木

雨來了，我便撐傘，雨停了，我收傘還你一整片天藍。
沒有人是甘於僅此而已，
只是關乎愛情，我們都還是要有想得卻不可得的看破。

你愛的是陽光燦爛，而我只配當一把傘，接完你的眼淚便散。

你想當一個能常陪著對方開心的人，還是在他傷心時第一個想到的人？有人說，前者只是玩伴，後者才代表在對方心中很有地位。但我不懂，為什麼重要的人無法是他開心的來源，只能被放在心中，而不是生活？

在我開始寫文章以後，偶爾會收到不少的反饋與吐槽，像是「通篇看完但卻不知道想要表達什麼」，像是「太理想化，現實根本不會這麼順遂」。還有更狠的，是直接打翻整鍋心靈雞湯，說「像你們這些寫療癒文的都是廢話，誰不知道這些道理」等。

我沒打算否認，因為這就是一個很簡單的供需問題，全世界所有的事情，肯定都存有正反兩面，就像你看海的時候，會指著漂流木說是汙染，可你落水的時候，漂流木就成了你的救命仙丹。

曾經，我很著迷被需要的感覺。讀者一封封求助的私訊，我反覆閱讀斟酌才能給出回覆，即便那些是與我無關的故事，在他按下訊息送出的那一刻，我便責無旁貸。

「不過是一封陌生人的訊息，何必庸人自擾？」

當別人這樣和我說的時候，我只是簡短回覆「你們不懂」。當一個人將自己的脆弱向我開誠布公，那就是「信任」，就為了這一份信任，我便沒有視而不見的理由。

直到有天，她也來向我呼救。

她很討喜，像四月的涼風，或五月的晴空，只要她在的地方，就有宜人的氣候。剛認識時，她有個交往兩年的男朋友，只要有這種身分，即便我多麼欣賞，也不會有其他遐想。

只是時間拉長，我們從百無聊賴的話家常，開始談心，不是刻意，但我已無法假裝對她只是普通朋友的在意。後來，她和男友爭吵頻率越來越高，但她在朋友們面前總是輕描淡寫，或偶爾自嘲該物色新男友，可是哪怕男友對她越來越壞，幾天之後仍會和好。

有個清晨，我鬧鐘都還沒響，她就打了電話給我，傳來的是她的泣不成聲。她一大早去男友家拿東西，看見床上躺了另外一個女人，男友沒有多做解釋，她便奪門而出。她無法帶著這狼狽的樣子去上班，更不能躲回家裡讓家人擔心，在僅十度的冬天，她不知道哪裡可以容身。

我索性也請了假，約她一起吃早餐。我並不是太會安慰人，尤其在我面前流眼淚，我只會手足無措，但既然是她，我就無法兩手一攤說沒辦法。

結果，她若無其事地出現在我面前，我問她怎麼突然沒事了？她說正好相反，就因為一直都有事，所以已經習慣和情緒相安無事。

「打給你的時候，我真的以為自己就要痛死了，但我和他的問題其實一直都在，我不能假裝從來沒有想過，有天他會用這樣的方式傷害我。」她說。

「那妳怎麼會想到要打給我？」提問時，我確實期待著某個答案。

「因為你是作家啊，一定很會安慰人吧！」她笑著說，可惜這並非是我期待的那個回覆。

我內心已分不清楚，對她是朋友的關心，還是過線的在意。我不知道是該將她擺在投遞愛情煩惱的個案，還是救起溺水在眼淚裡的她，擺渡到有我們的彼岸。

●●●

接連幾天，我們的訊息此起彼落，她有好多問題想問，我也偶爾旁敲側擊問她的感情狀況，她只是說自己絕對不會原諒對方，即便他傳訊息也不想回，想到那個清晨的畫面就使她反胃。我就是安慰，然後告訴她別拖著，該分就分儘早解決。

我得說，這絕對是出自於中立的見解，頂多只有那麼一些些的竊喜。但這樣，過分了嗎？

總有人說，勸和不勸離，但我正好相反，當問題血淋淋地擺在那裡，求救訊號也已發出，何必要想盡辦法粉飾太平？

比起一針見血，大多數在愛情裡求援的人，想要聽到的只是一個能讓他努力下去的理由。所以，我偏偏要給一個走向懸崖的方向，若沒有讓這段關係粉身碎骨的勇氣，便沒人能拉得住那份眷戀，再吵雜的鬧鐘，也喚不醒一個不願睜眼的人。

見她心情好點，我約她逛夜市，她心境變了，而我也是，我的初心不再只是朋友而已，我渴望開始建立起屬於我們的回憶。

我騎著摩托車載她，這不是第一次，但相較以前，台北的街景都浪漫了起來。

我不斷開啟話題，逗著她笑，彷彿這是我當前最重要的任務。直到她漸漸不怎麼說話，我逆著風也聽得見她的啜泣聲，我偷瞄後照鏡，她看著手機，眼淚就這樣滴在我的衣領。

「怎麼了？」我問。「他傳訊息跟我道歉，傳了我們好多的照片，他還說貓咪在等我回家……」她邊哭邊說著。「為什麼他又要這樣，那我怎麼放得下。」

紅燈起步，我沒有多說話，可我的心是酸的，而她只是不斷翻看著手機，絲毫沒有察覺，咫尺距離，兩種風景。

⁂

到了夜市，我們假裝沒事，找幾間看起來好吃的攤販排隊，有一搭沒一搭地聊著。可我能感覺到不一樣了，在她看到訊息的那刻起，一切都不一樣了。

「妳現在是不是想去找他？」我拿著竹籤假裝找著袋子裡的地瓜球，只因為不敢看著她的眼睛，怕洩漏了我的失落。

「沒有啦，呃，沒關係啦，我都答應你逛夜市了。」她遲疑的語氣，就像她手上店家做錯口味的可麗餅，她想要的，並不在這裡。

「趕快去吧，也逛得差不多了。」我說。

「那……我先走囉！後續再跟你說！」她匆匆道別。

她在交錯的人影裡越走越遠，腳步是歡快的，也許她那裡的雨停了，而我這兒風雨欲來。後來，她不再提起這件事，我也不問，像是看了一場被劇透的電影，結局瞭然於心。

我是希望她幸福的，即便那幸福不出自於我的給予。能在她難過時被想起，我也是如此幸福，即便那幸福並不屬於我。

雨來了，我便撐傘，雨停了，我收傘還你一整片天藍。沒有人甘於僅此而已，只是關乎愛情，我們都還是要有想得卻不可得的看破。

無論，最後那個被你放在心裡念、放在生活裡疼的人，把多少的笑容分給你，但至少，這都是你一直陪伴在他身邊的初衷。愛的形式有很多，當然也可以就這樣一直走在他的身後，等待他的一個回頭。

也許是向你呼救，又或者他能想起，你們可以不只是朋友。

Play list

溫蒂漫步・我想和你一起

盧廣仲・最寂寞的時候

*P.S.*

你想牽手，但他只把你當援手，並不代表你不重要，而是你再好，在他心裡的位置也早已被安排好。

# 要回人生，和自己一見如故

踩著他的腳印跟在身後，
他卻漸漸看不見特別的你，你也踏不出自己的步伐。

戀人相愛的樣子，就像是對折後的紙張，交疊彼此人生，然後漸漸在自己身上看見對方的影子。

人們喜歡用「夫妻臉」來形容一對恩愛的情侶。國外心理學曾有研究，之所以情侶會越長越像，其實是打從我們找對象時，就會不自覺找和自己相似的臉孔。我照了照鏡子，一秒推翻這個理論。但她不同，她熱衷於這個論述，享受著被眾人稱她與男友越看越像，彷彿就能為她們是命中注定背書。

每個人都說他們般配，不僅外型登對、興趣匹配，根本天生一對。她辭掉小主管的職位，決定全心全力支持男友創業開店，即便那是她完全不擅長的領域，但她毫不畏懼。男友迷上衝浪，她便買全套防磨衣跟著學習；男友聽搖滾樂，她的車裡從此不再放送情歌；男友喜歡oversize的穿搭，就沒人再見過她以前常穿的洋裝。

她確實越來越像他，卻越來越不像自己。

我第一次聽她抱怨對方，是在他們同居後的兩個月。男友是夜貓子，總喜歡在半夜做事，以往十一點準時睡覺的她卻願意調整生理時差，即便男友說不用，但在同個環境裡必定受影響，淺眠的她也只能慢慢適應。

「我沒有一天睡得飽。」說著這句話的她，打著呵欠。

「所以他不願意和妳一起早點睡嗎？」我問。

「我沒要求過他，畢竟是我甘願要配合他的，誰知道身體不聽使喚。」她又打了大呵欠。

後來，我們逛夜市的時候看到賣炸臭豆腐的攤販，她的眼睛發亮，喊著好久沒吃，我點了一大盤，她二話不說先塞了兩塊，一臉幸福的樣子。我說這不就臭豆腐，想吃就買來吃呀，她說男友總嫌臭，有次實在嘴饞，千拜託、萬拜託才准她吃，雖然因此被念了幾句，她還是覺得開心。

我看著睡不飽的她，看著吃個臭豆腐像在吃山珍海味的她，看著將日常過成百種遷就的她，沒見著「心甘情願」，倒更像「犧牲」的落款。越愛越像對方，愛情反倒開始氧化。

最好的改變該來自於成長，來自他人的正面影響，或是犯錯後確知可為與不可為。然而，她的改變，更像是遷徙到一座新的城市，換上當地流行的裝扮，操著一口不流利的方言，舉手投足都類似在地人，但誰都看得出來她有顆不屬於這裡的靈魂。

幾個月後，她的男友劈了腿，而且還是他店裡一位女性常客。當她發現之後，他們大吵一架，他只扔下一句對這段關係的否定，「我都忘了，當初到底是看上妳什麼。」

總以為跟著對方的步調，就算是種情調，但卻忘了當初對方愛上你時，不是他的複製，而是你原本的樣子。戀人本該平起平坐，而你卻選擇讓他走在前頭，踩著他的腳印跟在身後，他的影子便打在你的身上，從此你有了他的痕跡，但他卻漸漸看不見特別的你，你也踏不出自己的步伐。

人總善於用最簡單拙劣的方式去討好世界、討好最在意的人，讓自己成為對方量身打造的裝扮或配備，不知不覺被影響，卻沒發現這不過是種盲從。

你想變成他，因為你將他當作指標，因為你的世界只有他，怎能不被潛移默化？更因為你以為這樣的改變他會喜歡，如此而已。可他還是他，但你早已不是自己，這才是戀愛最大的危機。他不是指引方位的北極星，但望著他的你卻早已迷失方向、不見光亮，只剩不為自己的討好，還以為這就是愛情。

最近一次見到她，又穿回適合她的韓系洋裝，我才坦白對她說，她先前那些oversize的打扮實在不適合，她反嗆，說我高中時自以為日系的長瀏海髮型，才是真的醜。我承認，我認輸，但內心卻著實為她感到開心。

後來，我特地找了一家台北最好吃的炸臭豆腐，一人來上一大份，慶祝她終於要回人生，和自己一見如故。

Play list

王心凌・大眠

梁靜茹・慢冷

*P.S.*

劣質的愛情像是品質不佳的衣料，讓生活沾染對方顏色，
不再獨特，只能狼狽配合。

# 頻頻回頭的人，每一步向前都得踉蹌

每個人都要有這樣的覺悟，在分手面前，我們都是毫無招架之力的動物，任何留戀的輕舉妄動，都是一腳踩進漩渦。

人都有慣性，面對未知難免怯懦，就像到了陌生環境遇見熟悉事物，那便成了海中浮木，以為抓著就能得到救贖，卻反而載浮載沉，離岸邊更遠了。

小時候，我很喜歡看骨牌節目，但我印象最深刻的卻是有一集，在幾乎要完成以前，有人不小心碰到了其中一張牌，骨牌開始應聲倒下，另一個人急忙想要擋下，又不小心碰到另一區的牌。直到骨牌倒下聲音靜止時，啜泣聲取而代之，他們大半的心血付之一炬，有人抱頭懊惱著，有人以眼神怒視，更別說犯錯的那個人自責到泣不成聲。

「前功盡棄」不過是一眨眼的時間，一個微小的動作就能成立。然而，我們的記憶，也是一副骨牌。

從創傷的起點，便落下第一張牌，爾後的漫漫長日，我們只能小心安排，直到不會再因為聽到誰的消息而酸了鼻頭、心揪一塊，就算這作品大功告成，推下的瞬間便是笑著告別。只是，中途有任何差池，有任何控制不住自己，一有想念對方的衝動，便功虧一簣，只能重新再來。

我時常收到關於「分手後，走不出來該怎麼辦」這類私訊，通常我會依照每個人陳述的故事給出不盡相同的回覆，但共通點就是「你必須要給自己一點時間」，或長或短，但絕對沒有立即見效的偏方。大部分的人收到我的回覆，可能是感謝幾句，或是說自己明白了，當然直接已讀的也不在少數。

偏偏有個女孩，全身裹滿泥濘地摔進我的訊息匣裡，一邊求救，又一邊向下落。她先是長篇寫下她們交往兩年的過程，起初甜蜜、然後爭吵，爭吵不休後對方提了分手，分手後她又苦苦哀求復合，復合無望只好心灰意冷來找我。最後問我一句：「我到底該怎麼走出來？」我給了回覆。

三天後，她傳了訊息，大致上是說，她在家裡翻到與對方有關的回憶，她想不通為什麼當初這麼相愛，對方仍狠心傷害她。最後問我一句：「我到底該怎麼走出來？」我給了回覆。

兩個星期後，她又傳了訊息，說她看對方臉書，發現他與其他女生打卡的照片，懷疑他早就劈腿。接著是一大串歇斯底里的文字，覺得男生欺騙了她、她如何不甘心。最後，還是問我一句：「我到底該怎麼走出來？」我給了回覆。

幾個月後，她又傳來訊息，說對方後來交女友了，不過不是合照的那個，之前應該是她誤會了。接著，對方生日時，她忍不住傳了訊息祝他生日快樂，而他正好和女友吵架，於是約了她吃飯。她赴約了、過夜了，男生說還是很想她，但天亮時又回到女友身邊。後來，他們斷斷續續地聯絡、赴約，以及過夜。她最後問我：「要怎麼做才能復合？」我關掉視窗，不再回覆了。

聽說，金魚的記憶只有七秒，雖然之後被許多研究推翻這個說法。然而，科學也無法佐證，為什麼有的人明明心被傷得支離破碎，卻能因為對方微不足道的一句話、一個動作，就將對他的埋怨與眼淚當成過眼雲煙，連滾帶爬地拾起滿地碎片，又雙手奉回自己的心。

你願意造訪的風景肯定有迷人之處，但那場域若是不允許你駐足，也絕對有必須離開的答案。多少的好不容易，就為了一、兩個念頭化為泡影，不看自己如何咬緊牙關爬過天堂路，任憑不捨與心軟為你鋪設回頭路，這才是所有眷戀裡最大的難堪。

後來，偶爾收到她的私訊，有時下定決心，有時又垂死掙扎。

我才意識到，我最多只能給點安慰與鼓勵，沒有一個局外人，能喚醒對方一場不願清醒的夢。其實大多數的人都和她一樣，縱容自己再多看兩眼，便廢了一身不再沉溺的功夫，打好的地基，一陣風就可以滿目瘡痍。

所以說，頭也不回的人最是灑脫嗎？那倒未必，只是他沒有回頭，就沒人看得見他的眼眶紅，而他也沒有機會，要誰別走。每個人都要有這樣的覺悟，在分手面前，我們都是毫無招架之力的動物，任何留戀的輕舉妄動，都是一腳踩進漩渦。就因為如此，別太瞧得起自制力在你身上的作用，你沒有本錢能與不捨拔河，只能硬著頭皮和過去切割。

不是要你灑脫、要你豁達，而是要你明白結痂的傷口一開始都會發癢，開始該要淡忘的人，也會有突然好想他的凌晨時分。說到底也就一個字，「忍」。忍過衝動、忍過誘惑，不再與他有關的日子相伴，一段時間過後，也就不會再害怕與重新振作的路上石子相絆。

Play List

韋禮安・這樣好嗎
張惠妹・連名帶姓

*P.S.*

失戀的困境，不是沒有他之後的未來，而是你讓過去成爲你的現在。

# 要嫁就要嫁給愛情，而不是屈於年齡

命運有時殘忍，兩人能走得了青春，卻走不盡終身。
而你可能就在幾里路前與他走散，不願孤單，
又承受不了年歲糾纏，便急著找人作伴。

一輩子，該有多長？大概是過得充足快樂，便流光瞬息；過得煎熬困頓，便度日如年。

「女人三十是坎，三十五便成海峽兩端，再多個幾月、幾年，就等著一輩子到不了幸福彼岸。」在她婚前的最後一場單身派對，淑姊給在場女生這一段箴

言，男人都拍手叫好，女孩們只能面面相覷，笑得尷尬。「還好，老娘在成為海峽前就把自己嫁掉了。」她說。

本來還以為自己和婚姻絕緣，就在前年經朋友牽線，談了場姊弟戀，說有多麼一拍即合，不到一年婚期都訂了。

在場人們當然祝福，但有些閒語也是傳得沸沸揚揚。認識她的人都知道，她和前男友是大學班對，愛情長跑超過十年卻分手，一年後男方娶了不到二十五歲的女孩，而淑姊始終走不出失戀的痛苦。據說，當她聽到這消息後，直接請假兩週，過幾個月便聽聞她交了男友，也就是這個未來老公。

和一個人愛了半輩子，分手肯定得要聲嘶力竭，但也就是知道她有多痛，所以在得知對方婚訊後也交了個男友，旁人沒有半點臆測，實在不大可能。婚禮當天，大夥喝得盡興，淑姊也是一桌一桌敬酒，杯杯見底，一旁婚顧見狀酒越斟越少，淑姊嚷嚷著她的不悅，自己拿了酒瓶就倒滿，她一旁的老公只是呵呵陪笑。

我說，這老公根本不疼她，哪個男人能接受老婆喝成這樣，還不吭一聲。

•••

一年後，淑姊抓到老公外遇，小三還是個大學生。半個月後，又聽說老公對她施暴，報警的還是鄰居。再過一個月，老公在餐桌上留下一張他簽了字的離婚證書，從此不再回去那個家。眾人聽聞，皆罵男方根本是個渣。

「都是我的錯，當時我不該介紹他們認識的。」他們的介紹人倒是出來說了公道話。

當初，淑姊得知前男友閃婚，對象還是個嫩妹，她積鬱已久的心直接爆發，爛醉個幾天幾夜。她朋友看不下去，便打算讓他們湊合試試，誰知進展如此快速，彷彿是千載難逢的緣分，大家還真以為他們是天生一對。男生是打從心裡喜愛她的直話直說、開朗活潑，更著迷於她成熟的想法，完全不是過去交往的那些年輕女孩能相比。

然而，淑姊仍忘不了前男友，夜裡常看著兩人過往對話暗自哭泣。前男友婚禮前，她喝醉了便打給現任，卻喊著前任名字，還說著他若能取消婚約，她也會立即分手，回到他的身邊。

等她大醉醒來，驚覺自己說錯話，飛奔到男友家，發現自己的東西全被清空，門口放著一個一個的紙箱。她又哭又喊地道歉，酒後不是真言只是亂語，就這樣兩人拉拉扯扯了一個月，男友選擇原諒她。

原本以為兩人相安無事，但男友心裡長了一根刺，時不時想起自己不過是個備胎，讓他輾轉難眠。後來，他找了一個女生朋友訴苦，說著說著就說上床去了。淑姊一發現後當然無法接受，但自知先虧欠對方，而男方也曉得自己錯了，兩人便坦白地和解，決定放下彼此過錯，繼續在一起。

那年過年，男友陪淑姊返鄉，接連被幾個親戚催婚，說她都三十好幾了，穩定了就結一結。淑姊對他使眼色，畢竟從交往前就嚷嚷著想結婚，這次家人都開口了，當然要好好把握順理成章的暗示機會。過完年兩人北上，堵在高速公路上時，聽到廣播放的《今天妳要嫁給我》，淑姊便牽起男友的手說「娶我吧」，流著淚表示，希望這個不年輕的自己仍有機會結婚、生小孩，實現此生願望。因此，男友就順應她的意思，答應了她的要求。

婚前一週，如大部分的情侶，他們也為了婚禮的大小細節爭吵不斷。本來只是就事論事，但理智線斷了便口不擇言。「我看妳若和前男友結婚，或許問題就不會這麼多吧。」淑姊一臉不可置信。

你心裡有個疙瘩，我心裡也有，但我們都不說破，那這樣就算是公平。能夠取得平衡的愛，再怎麼恐怖，也是一種愛。舊帳就像是翻不完書，每一頁、每一字都寫滿尖銳的辭彙，扎得彼此千瘡百孔，句句見血。

那晚，他們都沒睡，好幾次說乾脆婚別結了。兩人背對著各坐床的兩側，索性一句話都不說了。後來，淑姊的肚子咕嚕地叫著，一次又一次，男生忍不住說了句「吵死了，走啦吃早餐。」淑姊憋了好久的眼淚才嘩啦嘩啦地流下來。

才明白，喜宴上那一杯杯下肚的酒，都是她預知的未來，多嗆多苦都得嚥下。誰想得到淑姊踏上夢想的婚姻，卻看不見她夢想裡幸福的樣子。而那張已簽字的離婚證書，沒有人知道淑姊有沒有下筆，但也許他們的愛情，早在相遇前就注定了結局。

命運有時殘忍，兩人能走得了青春，卻走不盡終身。而你可能就在幾里路前與他走散，不願孤單，又承受不了年歲糾纏，便急著找人作伴。像遊戲一樣，一心一意只想著要破關，支線任務什麼都沒解，就圖了結局，那又有何意義和滋味？

就算是時候到了，但對的人趕不上對的時間，就讓對的時間去塑造對的人。生理時鐘是不可逆的洪流，眾人的眼光和催促是圍繞轉動的星球，走得太慢，都是獻醜。但那關於幸福的或然率，你又能有幾分把握？

太多人在意太多無謂的事，看似為愛無畏，但卻說不出無愧。畢竟愛情故事，誰想聽為了結婚而結婚這種和浪漫脫節的自白，所以都歸功給運氣，感謝相遇。但也只有你知道，你是嫁給了愛情，還是輸給了年齡。

如果，婚姻就像是別人口中的「愛情的墳墓」，那至少要找個相愛的人，一塊躺下去。

Play list

李榮浩・不將就
陶晶瑩・不再想念

*P.S.*

配偶欄上的名字，一筆一劃、一撇一捺，都不該有半點將就。

# 愛會讓人有恃無恐，不愛的人永遠沒空

**我們都渴望永恆不變的愛情，**
**但時間殘忍，有些人的真心誠意就像是有限期的鳳梨罐頭，**
**多熱烈的交集，終會過賞味期。**

對關係有心、無心，不是非得要不遠千里，或者二十四小時陪伴，而是能讓人感受到「你一直都在」。

「一個男人很愛的時候，會是什麼模樣呢？不愛的時候，又會是什麼樣子呢？」

一個讀者私訊這句，然後和我說了一個故事。

二〇一七年冬天，她一如既往在下班後，到敦南誠品看書，這是她作為小夜班護理師的唯一消遣。就是在那天，闖進了一個改變她作息的人。

「比起說再見，我們更擅長想念。」突然，一個聲音打破她閱讀的寧靜，她急忙把書放下。

「這本好看嗎？」對方問。相隔僅五十公分的距離，有一個留著鬍渣、戴著毛帽的男人，正對著她笑著。

「還行，我還在看。」她露出尷尬又不失禮貌的笑容，又把書本拿起，擋住了自己的臉。

而他也拿起同一本，坐在她的旁邊空位。

「幾年下來，你將明白有些人適合交往，有些人適合遺忘，有些人會讓你錯愛一場，還有些人壓根就配你不上。」他唸著書中的文字。「這句寫得不錯。」

她又緩緩將書拿開，對他露出疑惑的表情。

他說：「我不是故意要打擾妳的。前幾天，我失戀了，就來這裡找書讀，看能不能好一點。結果，看到妳拿了本書靠在書櫃旁打瞌睡，後來我什麼書都沒看，就看著妳。我告訴自己，如果下次又在這個時間遇見妳，就當作是上帝的指引，我一定要來和妳說話。」

她承認，如果是其他男生這樣說，肯定把他當變態，但他的笑容太可愛。而且她也不能假裝從來沒有幻想過，在凌晨的敦南誠品被搭訕的浪漫故事，也許有一天會發生在自己身上。

那天，他們聊到凌晨三點，雖然沒交換聯絡方式，但每天小夜班結束，她幾乎都會在這裡見到他。他讓她覺得最與眾不同的，是他有點企圖卻不刻意，靠近卻又不過度躁進，不像其他男人的搭訕方式，總是問東問西的身家調查。當然他們還有許多共同話題，比如都喜歡樂團落日飛車、喜歡三毛、喜歡冬天，也都不喜歡雙子座的人。

隱隱約約，她開始覺得這樣的緣分，像極了該陳列在誠品書架上的小說劇情，風馬牛不相干的兩人，在換日時的書店相遇，撞上愛情。

兩個星期後，他們有了彼此的Instagram，也是那天，他們第一次離開書店，從仁愛圓環散步到市民大道，在道別前，他吻了她，那時天還沒亮，但她只希望這個夜晚可以再拉長一點。

「男人在愛妳的時候，會讓妳覺得自己就像愛情電影裡的女主角，妳什麼都不用說，他就會捧著意想不到的幸福在妳面前，可能是一束花，一碗熱湯，或者是一雙足以抵禦全世界攻擊的臂膀。」

交往後，他們最常約會的地點仍是敦南誠品，有時會看見他拎著宵夜在門口等她下班，有時他會趴在書店的桌面上睡著。每晚，他們都會窩在不同種類的書籍區，心理學、星座、投資理財、藝術、旅遊、兩性愛情，然後各自拿幾本相關書籍交換彼此的想法。

她喜歡他侃侃而談的眼神和那有趣的靈魂，就如同發光的星體，帶她探索未知而無際的宇宙。即便偶爾契合，偶爾分歧，但至少對她來說，都是能更加瞭解他的方法。

會這麼說，是因為他們幾乎只在凌晨見面，在書店或是吃宵夜，又或者到她的租屋處共眠，然後天亮後他就會離開。即便平時她休假，他卻總沒空，他說因為自己職業是動畫設計，幾乎全年無休，習慣待在工作室與世隔絕好找靈感，他還說自己的家很亂，只有小小一張單人床，所以從不邀請她。

他告訴她，自己說的都是真的，但前任不相信，總吵著沒有安全感，搞得他感情與工作兩頭燒，最後還被甩了。所以他希望她能理解，不想再重蹈覆轍了。

即便女人的第六感有多麼強烈，即便兩性書籍上的箴言都直指他鬼話連篇，但她還是不願讓自己的猜忌打翻兩人平衡，她相信愛情的樣式有很多，不能拿常理和基準去否定非典型的例外。

「男人不愛妳的時候，就像把妳丟到陌生的城市，說著同樣的語言卻無法溝通，再日常的生活都會水土不服。更痛苦的是，他會讓妳覺得自己就像個人見人厭的負面體，妳會開始自我懷疑，彷彿都是自己做錯了，所以妳變得不可愛，會被這樣對待，都是妳活該。」

就這樣，她兩年來配合他，當一個溫順的女人，而他也偶爾會突然抽空，在深夜以外的時候和她約會，哪怕這樣的見面更像一種是施捨，又或者只當他慾望發洩的出口。

當然，她也曾探問兩人為何有這般相處的時差，卻總會在他開始不耐煩時就住口。她知道，心裡那塊蓋著黑布的鏡子，即使自己繼續假裝看不見，但還是聽得到，有什麼東西碎裂的聲音。

直到有次她生了重病在家休養，希望他能來照顧，但他說最快就是凌晨，如果想要吃什麼他可以給錢，請她自己叫外送。她說好，她不鬧，便掛下電話。凌晨病人早該睡了，也不麻煩他多走一趟，她的薪水比他還要多，不缺那點錢，但這些話她始終沒有說出口。

但生病的人，代謝都是慢的，包括情緒。她完全沒有辦法休息，腦中盡是委屈，翻來覆去仍無法入眠。這樣過了大半天，她決定向他吐露滿腹心酸，反正都已上吐下瀉，也不差這一點心事。

晚上十點，在這兩年來從不會打電話給他的時間，她一通一通地撥，直到第十通，電話終於接起來。

「喂，不好意思，我老公在洗澡，我看妳打了很多通電話了，是不是房子又漏水了啊？」

「什麼意思？」

「我看妳的名字是『晚上漏水』，不好意思，他總喜歡把常客的case當成來電的名稱。」

「他不是做動畫設計的嗎？」

「什麼呀？他是做水電的，妳等等再撥，我準備要去上班了，先這樣。」

她呆看著電話上親暱的稱呼，好確認自己不是撥錯電話，原來自己只是一個「晚上漏水」的女人。

原來他已婚，原來他不是設計，卻設計一個世紀大騙局。一陣噁心，她又到廁所吐了幾輪，她不確定是病毒引起，還是因為瞎了眼的愛情。

後來，他不斷來電，每個震動都讓她害怕得發抖，她不知道躲在棉被多久，直到她平時下班提醒打卡的鬧鐘響起，她才看見手機十幾通未接來電，與一通語音信箱。

「妳打電話來了是不是？叫妳不要打，妳偏要，現在知道了，有比較開心嗎？都是妳害的，是妳打壞了本來很好的平衡關係，以後不要見面了，妳別再打擾我的生活。」

兩年的真心，連一句「再見」也換不來。

她竟還試圖想打電話向他解釋，卻發現自己已被封鎖。這才發現，她若想要找他，也不知從何找起，她連他住處都一無所悉，明明就在同個城市，竟然會在這樣的時代，瞬間一刀兩斷。

之後的半年，她不再去敦南誠品，因為她怕見到他，不知如何面對，卻也更害怕見不到他，在偌大的書店裡，夜晚會變得無比漫長。

回想這段感情，她知道他曾愛過。他們一起徜徉書海，聊過天南地北，一起耗盡一日空閒，見過凌晨三點的台北。若沒有愛，他們哪裡都去不了；也因為愛，他敢誤入歧途，卻也拉她走進這趟窮途末路。

二〇二〇年五月三十一日，二十四小時營業的敦南誠品，就此劃下句點。當晚，她去了熄燈紀念活動，告別一座不夜城，告別一段回憶，也在心裡踏實地告別那一個人。

我們都渴望永恆不變的愛情，但時間殘忍，有些人的真心誠意就像是有限期的鳳梨罐頭，多熱烈的交集，終會過賞味期。

就像三毛那句：「我相信，真正在乎我的人是不會被別人搶走的，無論是友情，還是愛情。」

因為有愛，你能奮不顧身，我也能肆無忌憚。

打從心裡的在意，才是將愛談得從容的原因，「距離」與「時間」僅是無意義的量詞。因此，那些被時間去蕪存菁的人，不過也是適得其所，繼續懷抱著滿嘴的藉口，那些人才匹配不上你的炙熱眼眸。

Play list

林宥嘉・天真有邪
蔡健雅・如果你愛我

*P.S.*

不談場戀愛都不知道，原來人類早已學會控制時間。
愛的時候，隨時都能見你，不愛的時候，忙到不見人影。

# 世上最遙遠的距離就是生與死，誰管你什麼站在面前不知我愛你

只剩記憶，能將那些與他有關的畫面投影，是愛是恨都只能翻篇，不再過問。

愛情，就像是全世界最甜最好吃的糖果，我們總想一親芳澤，卻無法賴以為生。

那天小李打了通電話，找我和弘哲去喝酒。通常找喝酒不外乎就一件事情：抱怨人生。我們三人一坐下，酒才剛來，小李一口就喝掉半杯。我對小李說，才兩秒的時間，兩百五十元新台幣就被你吞進肚子裡了。

他一臉不屑地看著我說：「今天我完成很重要的專案，看老闆心情好，就順勢提起上次他答應我要加薪的事。」說到一半，又把剩下的兩百五十元乾完。「結果他跟我說，『年輕人最重要的不是結果，而是過程，你的努力有天會成為成功的墊腳石。』這真的是我聽過最扯蛋的鬼話了。」說完後，他又揮了揮手，再點了杯調酒。

弘哲笑著說：「你老闆說得挺有道理的呀，這句根本可以放在作文範本裡！」小李眼裡冒火的瞪著弘哲。「我還沒說完，我一開始也是恭維地收下這句話，然後又再問一次加薪，結果老闆臉一垮，說我根本沒有聽懂這句話的意義，轉頭就走人。」他拍著桌質問弘哲，「你再跟我說看看這又是什麼道理！」

我和弘哲相視竊笑，只能拍拍小李的肩膀安慰。調酒送來，小李又準備要一乾而盡，我趕緊拉住他說：「加薪都無望了，月底了還不省著點喝。」我們真是社畜三兄弟。

「總有很多人，老是想用這些金句名言來美化自己的行為，就兩個字，噁心！」小李還在咬牙切齒。

「你不要指桑罵槐，你隔壁可是靠寫這種金句維生的作家。」弘哲食指比著我，我差點嗆到。

「才不一樣！」我想反駁，但喝了點酒頭有點暈，讓我詞窮。

「不過我想到有人昨天的動態，也是寫了一句噁心的金句。」小李拿起手機翻找，然後大聲朗誦：「**世界上最遙遠的距離不是生與死，而是我就站在你面前你卻不知道我愛你。**」才剛唸完這些字，弘哲伸手搶過手機。「你們別煩啦！」

「你還要當多久的工具人啦！虧你還對那個許莉蓁這麼好。」小李對著弘哲說。

說起弘哲，算是我看過最專情的男人之一。整整三年，心裡只裝得下許莉蓁，總是在她需要的時候，二話不說，直接丟下我們到她身邊，當她的司機、當她的Uber Eats、當她的水電工。月底時，若她喊窮，弘哲就成了金主，帶她吃飯、買民生用品，刷卡都不眨眼。

全世界這麼多女人，他偏愛許莉蓁這個公主。我們問她到底哪裡好，弘哲總愛用歌詞回我們。「**有的人說不清哪裡好，但就是誰都替代不了。**」

關於他們，其實我也是聽說。幾年前他們在某個派對認識，弘哲看她白白淨淨的，一個人在旁邊玩手機，便主動找她攀談。

連頭都沒抬，她劈頭第一句就說：「你最好別來招惹我。」嗆辣的語言和外表形成反差，更勾起弘哲的興趣。他什麼都沒說，就是靜靜在旁邊看著許莉蓁玩手機。

後來她忍不住抬頭，瞪著他說：「看夠沒？」

弘哲問她：「妳一定很孤單對吧？」

她皺眉問：「你又知道了？」

弘哲說：「因為打從看到妳的第一秒，我心裡就只住著妳一人，妳說這會不孤單嗎？」

她翻了個白眼，嘴角卻笑了出來，他們就這樣認識了。

然而，許莉蓁是真的很孤單。父母離異，從小被外婆養大，十七歲就半工半讀，沒幾個朋友，沒什麼生活的興趣。後來索性書也不讀了，交了一個有黑道背景的男友，起初很威風，但最後欠了賭債，她只能晚上到酒店兼差還債。結果男友沒學乖又犯法，入獄前只對她說別等他，從此斷了音訊。

渾渾噩噩的她，在酒店遇上了一個說要照顧她的男人，大她三十歲，已婚，還有兩個小孩。她知道跟著他沒有未來，但每個月仍收到鈔票和各式精品。她明白未來太遠，只能揮霍現在。這樣的利益關係，幾乎摔碎她對於愛情的憧憬，卻控制不了內心的慾望，只能出賣自己的靈魂。直到一天，她再也連絡不上那男人，她又是擔心、又是釋然，雖然知道日子會開始不好過，卻也慶幸能要回正常的人生了。

別問我怎麼知道，因為不久後她就在派對上遇見弘哲，這些都是他告訴我的事。我從頭到尾都半信半疑，因為這些事簡直像電影情節一樣扯。

之後，第一次見到許莉蓁是在他們交往三個月時，大家提前幫弘哲慶生的飯局。就如弘哲所描述，她白白淨淨，一頭齊耳的髮型看起來格外俐落，也才讓我看到她耳後十字架的刺青。

「她看起來不像你上次說的那般歷經滄桑耶。」上廁所時我忍不住問弘哲。

他站在小便斗前看著廁所牆上說：「對啊，你看起來還比較滄桑。你有看見她耳後的十字架嗎？那是她第二次自殺後刺的。」

我打了個冷顫，拉起石門水庫瞪大眼說：「自殺？還第二次？」

「你等等看她的手腕，她自殺過三次。」面對著洗手台，他對著鏡子裡的我這麼說著。

回到餐桌，許莉蓁正在跟其他人笑著解釋手上的疤痕。「這邊是我國三時被霸凌時割的，這條是第一次失戀留下來的，我的命特別硬，怎麼都死不了。」

弘哲一把就將她高舉的手拉了下來。「又不是什麼好事情，別說了。」

「反正我活著，本來就不是什麼好事情。」許莉蓁說這句話的時候，還是帶著微笑。

過了半年，他們分手了，弘哲只以「個性不合」打發我們所有的疑問。弔詭的是，他偶爾仍會在看到手機訊息後找理由中途離開，或在聚會解散時往家的反方向去。我們都知道，只是不明說，專情的他哪是能說放就放的男人。

過了四年，我們都已不是剛出社會的小毛頭，大家各忙各的工作，越來越沒空見面，但仍在群組上保持聯繫。後來，小李如願以償換了老闆、加了薪。至於弘哲，還和許莉蓁糾纏不清，我們鮮少過問，直到某天他的大頭照換成全黑，追問才曉得許莉蓁吞藥自殺，雖然被弘哲發現，送醫後搶救兩天，人還是走了。

許莉蓁在外婆過世後就幾乎不和家人聯絡，所以弘哲請了長假協助她的姑姑處理後事。我和小李也陪弘哲到她租屋處收拾遺物，但我們倆也只是站在後頭，看弘哲一言不發地整理。

我環顧四周，除了簡單的家具和窗邊的幾盆植物，整個房間空蕩蕩地像沒住過人，而最顯眼的，大概就是床頭櫃放著一串又一串的藥物。「她只和我說有憂鬱症，有點睡不著，但沒告訴我一天要吞這麼多藥。」弘哲拿起一包又一包，一罐又一罐的藥，全扔進了垃圾桶。「我總以為，我只要夠努力，就可以讓她明白世界是美好的，到頭來她還是這麼孤單。」

「要不要開看看她的電腦，看有沒有留下什麼。」小李說。

我示意要去開她的電腦，弘哲點點頭，繼續收拾東西。

「有密碼耶，提示是『日期，感覺開始活著的那一天』。」我說。

「是她的生日嗎？」小李說。

弘哲放下手上的東西走過來，輸入她的生日，錯誤。還是她自殺的那一天？錯誤。我們沒有頭緒，而且再錯誤一次就要被鎖了，也就沒有再繼續嘗試。

弘哲繼續整理，我們有一搭沒一搭陪他聊天，小李問起這幾年他們倆是怎麼過的。弘哲只輕描淡寫地說雖然分手了，但他們仍像從前一樣，反而更像家人。許莉蓁說過要他當她的哥哥，他便說好，時至今日。

「你真的對她很好，所以我相信至少在認識你的這段時間，她一定是開心的。」我說。

「那會不會密碼就是你們相遇的那一天？」小李突然大叫。

弘哲姑且一試輸入，解鎖螢幕跳回桌面，我們驚訝地對看。

電腦桌面除了「資源回收桶」和「我的電腦」，就只剩下擺放在正中間，檔名叫「我愛你」的Word檔。

**哥，阿哲，當你輸入這組密碼，你就應該能明白我的心意。如果那天沒有遇見**

你，我想我已經死了，雖然到最後結果沒有變，但因為你，我才覺得自己真正活過。那時候我真的被你嚇到了，想說你怎能一眼看穿我內心的破洞。這麼爛的撩妹語錄，希望你下次別再對其他女生說，因為只有我能將你的幽默，放在心裡感動。

我的生命一開始就是一蹋糊塗，好幾次咒罵老天為何要我誕生在這世上，後來祂就派你來拯救我。很抱歉我提了分手，又任性地要你做我的哥哥，因為我發現自己愛你愛到不能沒有你了，可是我見識過愛情的殘忍，所以寧可不要這層關係，也想要一輩子和你在一起。

請你原諒我不告而別，我以為我能做到答應你的事情，但憂鬱的魔鬼不斷侵蝕著我的心臟和腦幹，我夜不能眠，醒著卻又無法清醒，你用盡心力照顧我，而我能回報的只有連自己都控制不來的負面情緒。好幾次想要解脫，又好幾次因你的溫柔打消念頭，你讓我知道活著是有意義的、是開心的，但下一秒我又會突然摔進深淵裡，看不見你的臉，感受不到你的溫度，只剩下我無法抵擋的痛苦。

**你愛我嗎？還是只是同情我？希望有來生，我能做個正常人，然後換我照顧你。我愛你。**

弘哲跪在地上泣不成聲，頭敲著桌邊喊著：「我愛你、我愛你、我愛你……」

那時，他根本已不在意愛情不愛情，只渴望再見上許莉蓁一面。天地兩隔，想念從此無音訊，即便花光畢生運氣，也期待不了一次偶遇。如果距離有個極限，此時就是首尾兩端，就算一輩子將她放在心裡，那也不會拉近半點差距。

生死太遠、太絕對了，所以人們想了太多詞彙，作為安慰，如「他會在天上看著你」、「他永遠活在我們心裡」，我們都懂，也寧可這樣相信。但是，當想念氾濫時，說什麼都不管用。只剩記憶，能將那些與對方有關的畫面投影，是愛是恨都只能翻篇，不再過問。未完的都遲了，永遠真的就是永遠了，下次也沒有下次了。

當你不知道我愛你，我也不知道你愛我，還以為這就是人生最大遺憾，後來才曉得，這不過是最奢侈的浪漫。只想好好擁抱你，感受你的呼吸，認真看著你的眼睛，不讓說不出口的話再次吞下。無論再重來幾次，仍會窮盡全力去愛你，只願一切都還來得及。

Play list

茄子蛋・日常

盧廣仲・刻在我心底的名字

*P.S.*

**不是爲了愛而活著，是因爲活著，我們才有愛人與被愛的可能。**

# 輯三

# 愛的雙人房

縱使牽著手，也可能越愛越失意，
愛情裡的時間被揮霍了，最是浪費。

# 看上一個人只需要雙眼，看清一個人你需要時間

每個新認識的人都是碎片狀的，要花時間一一拾起，要用心培養緩緩拼湊，是好是壞、是圓是扁，日久都會現形的。

很多人總說，愛上一個人不需要理由，可是當對方選擇離開的時候，你卻又執著於找出被丟下的理由。而你可曾想過，這兩個理由也許就是同一個。

莎士比亞在《威尼斯商人》裡寫下一句經典的台詞「愛情是盲目的，戀人們看不見自己做的傻事」，我把這句話送給了好友瑞莎。我認識她不到五年，就見

證她八段愛情，我常笑說如果她的情史被記載在歷史課本上，那肯定是五胡亂華時期，改朝換代的速度，一不留神都會讓人忘記今日是何夕。

喜歡瑞莎的人很多，她平易近人的好個性，加上鄰家女孩的氣質與臉蛋，在人群裡總能發光，益蟲還是害蟲都免不了向光前來。我本以為選項眾多，再怎麼樣都可以從中挑選個不錯的人，可偏偏瑞莎就像玩抽鬼牌的倒楣鬼，怎麼抽都是滿手爛牌。

她挑對象總是很在乎第一印象，像我就是第一時間便不入她的眼，連個喜歡她的門票都拿不到。但她也不全是外貌取向，可能是談吐、是財力，也可能是個細節動作就可以擄獲她的芳心。雖然她擇偶不侷限條件看似廣納賢才，可換個角度想，如果是因為搞不懂自己想要的是什麼，全憑感覺主宰，那麼賭的就是緣分、是運氣，遇到個表裡如一的好人便謝天謝地，撞上表裡不一的壞人就只能摸摸鼻子認了。

而那天見著瑞莎的鼻子又紅又腫，看來是不只遇到壞人，也哭掉了幾包衛生紙。

我得承認我也看走了眼，誰會想到半年前追瑞莎追得像夸父追日般有毅力的金融男，不只理財方面能精打細算，也是個時間管理大師，同時手上還有多條支線，訊息上暱稱開頭為「客戶」的多個對話框，全是不忠的足跡。

「這次我都觀察了兩個禮拜還不夠嗎？」瑞莎淚眼婆娑地說著。

會這麼說是因為，瑞莎就是個不折不扣的戀愛腦，一旦走進她的眼光，不用幾天就可以愛得像《鐵達尼號》裡認識不到五天的傑克與蘿絲。而這樣炙熱的愛情往往在幾個月的熱戀後開始變質，不是發現對方和前任藕斷絲連，就是原本毫無徵兆的壞習慣一一露餡，像是交往前後態度大變的，或是情緒控管不好，輕則言語暴力，重則動手動腳也是有的，更別說還抓過吃喝嫖賭樣樣精通的渣男。

所以觀察一個人兩個禮拜夠嗎？我想問題不在時間的單位，而是打從相識的起點，你打算列了哪些重點，用心去感受篩選。

•••

「如果當時，妳將迅速崇拜和著迷他們的眼光闔上，妳就不會對一個手機一響便匆匆去廁所的人沒有半點懷疑；妳不會對開個車反覆發作怒路症的人不當一回事；妳不會對店員頤指氣使的人不有所顧慮；妳更不會相信整天遊手好閒還啃老的人已經浪子回頭。」我當著瑞莎面前細數了他的前任：「而這些不只是要花時間相處觀察，更重要的是，妳也要給自己時間拿掉濾鏡，看清楚真實的他們以及真正適合妳的人是什麼模樣。」

「那這個金融男你又要怎麼解釋！交往前他毫無破綻呀！」瑞莎不甘心地質問。

「吃燒餅哪有不掉芝麻的，那個人就當妳真的看走了眼，但《志明與春嬌》裡面說『人一生這麼長，總會愛上幾個人渣』，妳倒是說說，妳這愛上渣男的額度還有多少？」我說完，瑞莎直接來個四字髒話。

「其實我有想過，會不會問題是出在我身上？是不是我不夠好，才會總吸引到這些貨色，還是我哪裡做得不好，跟我在一起後他們才都會變成渣男？」瑞莎終究還是陷入了屢次被分手後的自我懷疑裡頭。

「當然，看看妳的識人眼光，問題可大了！」我說：「但我還是相信，無論路上遇上多少壞人都是偶然，雖然妳的偶然多了點，不過至少我認識的妳，沒道理不被好好對待。」

「以後你就是我的軍師，我看上了誰，就會和你鉅細靡遺交代細節，靠你幫我出謀劃策與分析局勢了！」瑞莎精神抖擻地說著。

雖然莫名接了個苦差事，但能看見即使被傷害仍能不斷相信愛情的人，我想，總該要被與之相稱的人溫柔對待才行。

三個月後，瑞莎在交友軟體上認識了個對象，兩個月後他們第一次見面約會，再兩個月後正式交往。而身為軍師的我，每天聽她報告進度與對方的言行，其實我根本沒打算給她什麼建議，只要知道對方是個舉止正常的人，剩下的就讓瑞莎自己去釐清，畢竟我很清楚，她一旦有感覺的對象，哪是三言兩語就能動搖的。所以我總習慣先問「那妳覺得他這是什麼意思？」就是想讓她不再被感性牽著走，用更多的理性來看待一段新的關係。

她說，這次總算走運地遇上一個很不錯的人，但我說正巧相反，是妳終於不再憑運氣，能明察秋毫地愛一個人。

在我們眼裡，每個新認識的人都是碎片狀的，要花時間一一拾起，要用心培養緩緩拼湊，是好是壞、是圓是扁，日久都會現形的。

也許有的人來得及懸崖勒馬，在一頭墜入前恍然大悟；而有的人需要揮霍點青春，經歷些紛紛擾擾，挨過椎心刺痛，才能換得真相大白的領悟。所以，先別急著囫圇吞棗地嚥下未知的糖果或毒藥，不再完全依賴視力，而是用其餘的感官去摸索出，我們渴望的愛情有沒有放在對方的身上。

慢一點也沒關係，因為你我都很清楚，要的不是開得短暫的曇花，而是可愛的多肉植物，四季常青。

Play list
蔡健雅・誰
孫燕姿・遇見

*P.S.*

也許他的某些優點很吸引你，但最後讓你失望的，往往都是需要時間證明的缺陷。

# 要嘛一輩子長得好看，要嘛靈魂秀色可餐

長得風韻猶存，是永遠追趕不上年輕貌美的。
老天只能給你一副皮囊，
但你能決定靈魂漂不漂亮。

喜歡長得好看的人合情合理，但能在不起眼的外表下，感受對方皮囊底下最精采的靈魂，才是慧眼獨具。

有陣子，大家都在瘋「變老APP」，套上濾鏡就能看見自己老後的模樣。那時滑Instagram和臉書，常常忍不住要倒抽幾口氣，很難想像膠原蛋白流失的人

類，無論現在是美的、醜的，老了其實都一個樣。

那天和朋友看到一位破百萬追蹤的網紅，也跟風玩起「變老ＡＰＰ」。讓人吃驚的是，那個因亮麗外在而萬人簇擁的夢中情人，單憑化著濃豔妝容，穿著包覆不住身材的衣料搔首弄姿，說著空泛又無聊的話，就能賺進大把網友「抖內」的宅男女神，竟然老了是這樣駭人的景象。

朋友二話不說便退了追蹤，說這是太不划算的投資。我直說他太現實，女神現在仍是女神樣，況且刷個禮物根本不叫投資，而是揮霍。他說這不過是「大夢初醒」，無論她送上再多網美照，他腦海中揮之不去的老態已讓他失去悸動，不願再刷禮物討她開心，他說他失戀了。只能說真要說誰膚淺，他絕對是最膚淺的一個。

當一個人憑藉著與生俱來的優勢，難免會荒廢其他武功。若是終身受用的一技之長那倒無妨，但如果是會隨時間凋零的長處，終有摘下華美皇冠的一天。屆時，可能連凡人都稱不上，半點縛雞之力都沒有。

就好比那些網路激推、不能錯過的觀光勝地，親自去過才發現，風景或許很美，但充斥著觀光客反而讓景點走味。然而有些祕境，卻是你親自探訪後，能攫取大把感受和體悟後放進生命裡，找到屬於自己旅行的意義。美貌之於勝地，靈魂之於祕境，各有各的美好，卻擁有截然不同的情調。

我認識許多很好看的女生，是那種光看一眼就會被征服的面容。她們往往很明白自己的魅力，所以也不掩飾地展露，異性緣肯定理所當然地好，只是感情失敗、遇到渣男的機率也比其他人來得高。這並不代表她們內在出了問題，只是美貌的口味太重，如果男人是衝著這道佳餚而來，早晚都會被麻痺了味蕾。

眼睛是很挑食的器官，有時候膩了就是膩了，更何況是終會過保鮮期的容貌。

呂姍大概就是那種所謂「靠臉吃飯」的女生，路上男女都想多看兩眼，從小到大收過的情書如果能成一本書，那她已擁有一間國家圖書館了。有一次，她參加校內啦啦隊比賽，我們加油團的口號就是「呂姍呂姍，最正女生；呂神呂神，最美女神」。但她表現不好，不小心跌了跤，最後成績卻是第二名，賽後有人開玩笑，「哎呀人正真好」、「妳只要放張臉上去，就絕對前三名」。她只是害羞地點點頭，但一出會場就忍不住哭了出來。

大家連忙安慰她，說只是小小失誤不要太自責，她搖搖頭邊哭邊說：「我真的很努力呀，為什麼每個人都覺得我靠外表……」我看著眼淚從她的臉頰滑下，那畫面真是好看，但她之所以流淚，也是出自於那樣好看的臉蛋。

她太習慣人們光看她一眼就為她貼上的標籤，就像要不是成績單上的白紙黑字，大部分的人也難相信她能當上畢業代表不是靠她的外表，而是頭腦。這是我第一次明白長得好看的困擾，大概就像唱《帥到分手》的周湯豪，這種我一輩子也無法體會的煩惱，只有他們這種人知道。

大二結束後，呂姍申請到交換學生的資格，要到英國一年。歡送會那天，幾個女生抱在一起哭成一團，我說不過只有一年，別搞得像是移民。但大家不懂，既然已經美麗與智慧兼具，她又何必要這麼努力？

呂姍說，她以前功課很普通，也很喜歡玩，整天想的是裙子怎麼摺短才不被教官發現、書包怎麼畫最引人注目。高二時，玩社團玩到荒廢課業，還翹課去練習，結果期中考拿了倒數第三名，連操行都差點不及格。成績單寄回家，理所當然挨了罵，除了最疼愛她的外公。

「姍姍，妳外婆的漂亮，全被妳遺傳到了。但我會娶她，是因為她的『這裡』，還有『這裡』。」外公先用手指比了比自己的腦子，接著是心臟。然後，湊到她耳邊說：「要和妳外婆一樣，內外兼具，所以妳看，她才找到這麼棒的老公，然後我也就愛她一輩子。」三個月後，外公就上天堂找外婆去了。

「我想證明給外公看，我不會學壞，我會努力成為外婆那種才貌兼備的女生，然後遇上像外公一樣的男人，那種就算我老了、臉上爬滿皺紋，也如初見般愛我的男人。」呂姍一邊說、一邊擦眼淚，但眼睛笑成一彎。

她已做到對外公的承諾了，我只好奇，未來到底是哪個兔崽子上輩子燒到好香，可以娶到不只是美，而是近乎完美的女生。

若外表是一把能讓人愛上的鑰匙，那最後會選擇定居而不是暫留，關鍵就在於進門後，那內在的裝潢與擺設足不足夠顛倒眾生，質感與品味是否精美絕倫。

也許我們的長相，不在同個起跑點上，但終有一天，我們都會變得不起眼。歲月就是把殺豬刀，哪怕醫美技術再高，我們誰也無法否認外型只是暫時的表象。長得再風韻猶存，是永遠追趕不上年輕貌美的。

我們能和其他人比什麼？比的是多年來的洗禮在生命裡留下了什麼，而我們又能為世界帶來什麼；比的是我們說出來的話語，能否饒富趣味，讓人聽得津津有味；比的是積累的經驗與想法，能不能讓我們成為一本翻看不厭的書。

老天只能給你一副皮囊，但你能決定靈魂漂不漂亮。

所以，即使不是含著顏值金湯匙出生，也沒有醜小鴨變天鵝的翻轉人生，但誰說只能在戀愛市場裡乖乖認分？充實自我內在，讓說出來的話動聽，個性與行為討喜，還能保持一顆良善的心，那麼就算不走世俗審美的途徑，要不喜歡這樣的你，根本強詞奪理。

Play list

李榮浩・模特

盧凱彤・不脫知女生

*P.S.*

老天讓人類年紀越大，視力越退化，就是爲了讓我們明白，眼前都只是一時，感受對方的靈魂才能過好一輩子。

# 不只想活在當下，我要的是未來

有的人渴望活得像煙火，在燦爛時照亮夜空，不計爾後；有的人則願活得像秒針，一圈一圈繞著年輪，求個現世安穩。健康平安，才算得上了無遺憾。

我們都明白珍惜當下的重要性，可時間走得太快，人來人往，如果要我珍惜一個擦肩，我寧可來日方長。

西元二〇二〇年，一個只有老天才曉得會發生什麼事的一年，每個猝不及防的事件就像一道又一道的落雷，打在我們心上，全世界都下起聲嘶力竭的驟雨。

我們每個人蒙上了臉，開始學習告別，告別被疫情帶走的地球人，告別電影裡的超級英雄，告別日劇裡的男女主角，告別綜藝節目笑得最燦爛的大男孩，告別我最親愛的籃球員。

「沒有病痛，沒有煩惱，往更好的世界去了。」別人總是這樣說，要我們祝福，別再哭了。但然後呢？面對生與死，這是一堂必修的課，但我也不知道為什麼被當了幾回，卻始終學不會。

我還記得，第一次見到阿良是在球場上。他一顆又一顆三分球射得籃網清脆作響，配上一百八的身高，根本沒人守得住他。休息時，我拿了瓶運動飲料給他，順便問問這手感是怎麼練的，「就天分唄！」他給了一個毫無幫助的答案，真是囂張。

之後，我們幾乎每週都會一起打球，友誼也延伸到球場外，才發現我還真是誤會他了。不只球打得好，他還搞樂團當主唱，精通五種樂器，從小不讀書愛看美劇，竟然看到多益考到九百多分，真的是一個很值得囂張的人生。每當有人誇獎，他總是聳聳肩說著：「就老天眷顧囉！」

二〇一一年的冬天，他的樂隊有場live house演出，送了我張門票，說價值有三千元，我說最好這麼貴，又不是五月天，憑什麼？他還是跩個二五八萬地說：「憑我的天分，五年後，最多七年，三千只能買到我辦在小巨蛋演唱會三樓的位置，你現在免費就有搖滾區，請知足。」

⁂

到了現場，台下加上我大概不到二十人，比不點名的課堂人還少，我看票真賣個三千也回不了本。阿良揹著吉他上來，開口第一句就自嘲：「台下怎麼都是熟面孔？」原來到場的人幾乎都是拿公關票，而兩百台幣的票，一張都沒賣出去。

但是，當他吉他一刷下去，現場還是立刻躁動了起來，阿良賣力的嘶吼出重金屬的嗓音，我不確定自己的音樂素養聽不聽得懂這類的搖滾樂，可我還是跟著點起了頭，任由音響轟炸我的感官。

「最後，我要唱這首五月天的《盛夏光年》，是我玩樂團的啟蒙，也怕有人沒聽重金屬的習慣，給你們洗洗耳朵。」阿良看向我這邊，我只能說他真是個天才，連我這點心思也被看穿。

或許，是因為吼了整晚，阿良唱得不算好，他的那一句句「我不轉彎」，音大概已九彎十八拐了。

「就像歌詞裡說的，『把殘酷的未來，狂放到光年外』，讓我們珍惜當下，也謝謝大家今晚捧場。」阿良滿頭大汗、氣喘吁吁地說著，但我看到聚光燈從他眼睛反射出的閃閃發亮，一個驕傲又充滿自信的笑容，就像一顆藏不住鋒芒的新星，正準備將天賦兌現。

「感謝你邀請我來，真的太強了，到底還有什麼是你不會的？」我傳了個訊息給正在慶功的他。「謝啦，其實我也很想知道☺」他秒回，依然跩到掉渣。

後來，我們各自忙碌，球場也少去了，我大多只能從他分享的動態，看看天才的生活如何多采多姿：他持續練團，寫了兩首被唱片公司買下的情歌；參加鐵人三項拿了前十名；市政府主辦的文學獎拿了貳獎；還有，連發票一次都可以對中五張。

我親眼見過世界上的兩種不公平，一是我認識的那些炫富靠爸族，再來就是阿良的老天眷顧。只是，之後他便鮮少再繼續更新了，我們的對話框有一搭沒一搭地聊，問他忙什麼，總是已讀不回，果然身處不同生活圈，情誼終究得走上陌生這條路。直到那年冬天，他回覆我三個月前的訊息。「我在醫院，來看我吧。」後來才知道，老天其實對他並不公平。

甲狀腺癌，晚期，落在了一個才二十多歲的年輕人身上。他身上插著幾根管子，從前意氣風發的樣子都沒了，只剩下一雙炯炯有神的雙眼，放在瘦弱不堪的軀體上。他說，以為是練唱過頭讓嗓子啞得厲害，拖著拖著就晚了。

「我連甲狀腺長在哪裡都不知道，更他媽的是，你知道四十歲以下得到這病的機率，再加上天殺的惡性機率有多低嗎？結果偏給我趕上了。」阿良說得有些激動，額頭上冒出幾條青筋。「我本來一個朋友都不想見，因為我總覺得我會好的，等從這狼狽樣恢復健康再說，但好像要事與願違了。」

其實我是生氣的，氣他拖得如此嚴重才和我說，也氣老天怎麼給了他許多天賦，卻要他拿健康交換。我想安慰他，但除了善意謊言，有哪句端得上檯面？

「本來以為可以當五月天，沒想到變成了宋岳庭。」阿良無奈地說笑。「不要這樣講，現在的醫術很好，都還是有希望的。」我仍然慣性地想激勵他，但我心裡有數。「而且至少，你一直活在當下，活得很精采。」

阿良直盯著我看，躊躇了幾秒，眼眶開始泛紅。「我不要什麼活在當下啊，我還有很多事情沒做，我就想要有很多很多的明天。什麼狗屁當下，憑什麼我只有當下，我想要幹大事，想要和愛的人白頭偕老，甚至庸庸碌碌過一生也好，結果我什麼都辦不到。」

我拉著阿良的手，愛莫能助，他不斷地啜泣，任憑對生命的怨懟和不甘爬滿他蒼白的臉。

有的人渴望活得像煙火，在燦爛時照亮夜空，不計爾後；有的人則願活得像秒針，一圈一圈繞著年輪，求個現世安穩。沒有絕對的精采，只有各自盛開，唯一的交會點，就是健康平安，才算得上了無遺憾。兩個月後的冬天，我在臉書上看見阿良的訃聞，一個我所認識最接近天才的少年，帶著他滿身的天賦，去找最寵愛他的天父。

阿良過世的半年後，我在電視上看到他的名字，寫在了一個樂壇新人主打歌的作曲者上，登上暢銷金曲排行榜。果然還是那個最囂張無度的天才，即使人不在了，還是能讓人逼出淚來。

我仍會記得屬於他的盛夏光年，即便，我與他的距離，剩下光年。

Play list

魏如萱・彼個所在

影子計畫・戀曲2020

*P.S.*

**活在當下，是爲了不留遺憾；但企盼未來，也只是爲了把暫時到達不了的遺憾，來日完成。**

## 不求眞愛能一眼瞬間，只願百看不厭

合照時，奶奶總會再三地打理，深怕照片裡的自己不好看，
而爺爺都會伸手摟著她的肩膀，
笑著告訴她最美的就是妳。

沒有漫漫的來時路，那又該怎麼細數，沿途開滿的鮮花，抬頭仰望的星空，和我對你的心動。

阿山大概是家鄉小鎮最受歡迎的男生，書沒有讀得很好，但發達的運動細胞倒是讓他拿了不少鄉鎮舉辦的體育獎項。後來，為了幫助家計，二十歲當上了警

察，剛好又分發到離家很近的派出所，每天穿著熨斗燙出整齊五條線的制服，走在路上威風凜凜。

離家近的管區內多是相識很久的老鄰居，外出巡邏時招呼聲此起彼落。若家裡有年齡相仿的女兒尚未出嫁，婆婆媽媽們便會一手拿著食物、點心說要慰勞阿山，一手拉著自己的女兒和他搭幾句話。後來，她們索性直接找上阿山爸媽，說要幫他和女兒作媒，他爸媽抵不過人情壓力，只好逼他休假沒事就去多認識這些女孩。

阿山實在聽話，赴約前都會將襯衫仔細燙過，抹點髮油，用梳子俐落地在頭上開出精準的分線。對他來說，愛情或婚姻什麼的倒是其次，主要就是交差了事，不讓爸媽為難，也想打好鄰里關係。

但他錯了，約會的規格完全不只是要單純地認識異性。女孩身旁至少有一位姑嫂，多半時間有如配對節目的主持人一樣，叨叨絮絮地問答，處心積慮要湊合，而女孩多半羞赧話少，阿山也只能尷尬地陪笑。

婆媽的進展詢問超展開，每個都比運動健將阿山還會三級跳，才見一面就追問是否要談戀愛、結婚。當阿山做不了決定時，就端出爸媽這個最後殺手鐗，若是再委婉推託，下一步可能就有人上門談聘金了。因為沒有拒絕，所以每個女孩都握有參賽權，這下可好，不只對鄰里關係沒有幫助，還讓幾家人開始爭風吃醋。

「為什麼才見一面，就能決定是否要和這個人在一起？」阿山不解，問他大五歲的姊姊。

「既然注定遇到，彼此也都有同一個目標，還有彼此家人的人格擔保，交給緣分也是一種選擇。」姊姊抱著剛出生的女兒說：「至少我運氣好，第一次相親就遇到你姊夫。」

「那萬一以後發現姊夫不好，怎麼辦？」阿山問。

姊姊看著他說：「那就是我的命囉！」

接下來幾天，阿山開始婉拒其他如面試般的作媒，一個月和七組女孩與家人的配對，實在讓他吃不消，不懂得拒絕的個性更讓他裡外不是人。每當巡邏遇到這些人，都會讓他既愧疚又不自在，尤其每個人問他決定得如何，他除了以公事繁忙為由，也想不到其他法子了。

到了農曆新年，阿山放了個長假，接待前來祭祖過年的遠房親戚們，包括多年不見的表妹阿西。小時候住在同個村莊的兩人時常玩在一起，名義上雖是親戚，但遠房已遠到他們搞不清楚祖譜上錯綜複雜的關係，就以表哥、表妹互稱。

阿西家境不好，身為長女的她十歲就開始照顧弟妹、幫忙家事，而阿山長她幾歲，放學後偶爾會順道經過她家，買個巷口的甜餅給她，而阿西總會拿刀切成六等分，自己一塊，給阿山一塊，剩下的都給弟妹吃。

後來，阿西全家搬走，離開那天阿山沒有出門送她，因為他一個人在家一邊哭、一邊生悶氣。

「我搬走時，你怎麼不來送我？害我哭了一整路，以為自己做錯什麼。」阿西瞪大眼質問阿山。

「哎呀，那天我就生病啊，都幾年過去了，別這麼愛記仇。倒是妳，也十八歲了吧，怎麼都還不會打扮自己，小心嫁不出去！」阿山嘴硬說著。

「關你什麼事！」阿西腳一蹬，轉頭就走。

多年不見，還是大過年的，直接惹怒自己的遠房表妹，果然是四肢發達、頭腦簡單的男孩。

哪有女生不愛漂亮的，但阿西每天忙著家務，偶爾打零工貼補家用，沒有閒情逸致裝扮自己，連過年穿的衣服都是媽媽留下的。所以她生氣，氣阿山不懂體諒她，也氣自己命不好。

接連幾天，阿山帶著鄰里送的賀禮來找阿西賠不是，又是水果又是糖果的，阿西仍在賭氣，用圓滾滾的眼睛直瞪著他，但一手就把禮物抓了過來，遞給旁邊的弟妹們。

那天傍晚，阿山找阿西到小時候常去爬樹的榕樹下，阿山捲起衣袖，兩三下就爬上樹，點根菸倚靠在樹幹旁，而阿西只是抬起頭看他，找顆樹旁的石頭拍拍灰塵坐了下來。

阿山說：「妳怎麼不像以前一樣也爬上來？」

「我都當不了大家閨秀了，你還要我像個野孩子，那我就真的嫁不出去了。」阿西語氣酸溜溜的。

「對不起啦！我就是……想到妳搬家那天，我躲在家裡又氣妳、又捨不得妳。」阿山一個心慌就顧左右而言他，說完便連抽好幾口菸。阿西笑了，阿山連忙將菸蒂丟到一旁，從樹上跳了下來。他們從傍晚聊到晚餐時間，像是要彌補多年未見的空白，雖然回家後各自挨罵，但心裡都是踏實的。

接連幾天，鄰里的婆媽們陸續帶著女兒、姪女來阿山家拜訪，但全都撲了空。阿山老早就騎著腳踏車載著阿西四處遊玩，畢竟春節就這麼長，誰也說不準可能一別，又是幾年歲月。

大年初九，阿西一家人準備搭車離開，她伸長著脖子，仍等不到阿山。

前一天黃昏，他們騎車經過河堤，阿西在後座環抱著阿山，說母親可能今年就會替她談婚事，阿山只是淺淺說了「喔」，兩人再也沒有對話。夕陽把兩人的影子拉得好長，彷彿多少美好光景，終會在太陽下山後來到盡頭，只能往前，思緒就放在心裡面。

「走了，還在等什麼？」母親的呼喚，截斷了阿西的目光，跨上車，告別這熟悉的親戚和村莊。車子緩緩駛離，她的眼淚不爭氣地掉下。

「欸等等，等等！」阿山騎著腳踏車在後面追喊著。阿西驚喜地回頭，一手撥開眼淚，一手歡喜地招著手。

車子停下，阿山好不容易追到。

「阿姨，不要幫阿西談婚事可不可以？」他說。

「阿山，你說這個做什麼呢？」阿西的媽媽回覆。

「那個……我喜歡阿西，我想跟她結婚。」阿山直愣愣地告了白，整車的人都睜大了眼睛。

「唉呀，說這個都不會害臊哦！」阿西的媽媽邊笑邊說。

「妳願意嗎？」阿山看著阿西，眼睛泛著淚光。

阿西看著母親，微微地點點頭。

「啊所以呢，現在車是不是要回頭，回去談婚事？」前方的車伕說。

幾個月後，名副其實的「家有囍事」，人人都因親上加親而道喜，整個村莊都熱鬧起來，包括那些無緣和阿山家成為姻親的鄰里們，也都送上了祝福。

婚禮結束，阿西和阿山兩人在散場的喜宴圓桌上疲憊地休息著。

「結婚也太累了吧！」阿山嚷嚷著。

「聽說這桌的小玉、還有那桌的阿君，都有來和你們家談婚事？長得都好漂亮，你有後悔嗎？」臉上還化著濃妝、一身鮮豔大紅旗袍的阿西用手比劃著，微皺眉頭地看向阿山。

阿山用手撐著頭，直直盯著她，嘴角微微上揚。

「怎樣，就是後悔了，對吧！」阿西連鼻頭也都跟著皺了起來。

阿山伸手摸摸她的頭說：「我是在想，從小看著妳長大，怎麼越看越漂亮，我就要這樣看妳一輩子。」

「吼，愛耍嘴皮子！那你要說到做到喔！」阿西嬌羞回覆。

「啊然後勒？」大家問。

「啊我這不就是說到做到了嘛！」阿山回。

「好浪漫喔！」大家滿足地說著。

幾年前，我們一塊參加政府舉辦的「鑽石婚」慶賀典禮，在這結婚六十週年的儀式結束後，我們整個家族聚在一塊吃頓飯。飯後，爺爺和我們這些孫子、孫女說了這個故事。

阿山與阿西，我的爺爺和奶奶，相遇在兵荒馬亂的日治時期，一路數著日子，相愛半個世紀。那是我觸不可及的時代、難以想像的漫漫光陰，而我卻在他們的愛情裡，見識到時間如何暫停。

每年大年初二是奶奶的農曆生日，全家族會在這天團圓慶生，合照時，奶奶總會再三地打理，深怕照片裡的自己不好看，而爺爺都會伸手摟著她的肩膀，笑著告訴她最美的就是妳。

老派的情話，比桌上的生日蛋糕還甜。

有次慶生完，大夥都回到客廳聊天喝茶，就剩爺奶倆在餐桌上繼續吃著蛋糕。爺爺說他還想再吃一塊，奶奶叨念著不行，爺爺對著我使了眼色，我笑著對他們說不如切一片兩個人分著吃，他們也笑著說好。她在意他的身體健康，但他知道這是她最愛吃的栗子蛋糕，所以只有鬧著要吃，他才有機會和奶奶分食，就像小時候阿山買給阿西的甜餅，將青春的浪漫復刻。

很多人都說著「命中注定」，那種千萬人海盡是模糊臉孔，唯獨你我清晰的劇情。我也見過，不過是在電視劇裡。但是，我不會推翻這種可能，還是有人走在路上會被雷擊、在浩瀚宇宙中找到相同物種，沒有道理不相信兩顆心能一瞬交錯。

可是，你也曾遇見多少過客，情深緣淺，你所以為的一眼瞬間，不過匆匆一瞥。如林徽音寫下的，「邂逅一個人，只需片刻，愛上一個人，往往會是一生。」餘生太長，長得只容得下相看不厭的兩人，將悲喜過成日常，將愛情放入酒釀，咀嚼回憶的留香，細數彼此臉上的風霜，然後與子偕老。

此生何其有幸，能日復一日，猶如初見。

Play list

莫文蔚・慢慢喜歡你

林宥嘉・少女

*P.S.*

歲月之所以流金，那都是因爲這再普通不過的一生，好險遇到你。

# 這世界欠你再多，也要溫柔地還手

成長的意義，不過只是將我們各自推往能安身立命的棲息地，
你有你的叢林，我有我的海洋，
我們追逐著不同的目標，活著不同的生存之道。

有一種人在貧窮中成長，從小羨慕富裕的日子，卻因環境所迫而只能在藍領階層中打滾。等到有自理的能力，便發狂似地以賺錢為人生目標，好的是白手起家，成為勵志的範本；走偏的則是雙手沾滿汙穢，往口袋塞進大把黑錢。有人把這行為稱之為「補償效應」。

國中時有段時間，我莫名被分進了所謂「放牛班裡的牛頭班」，班上大多是已被學校放棄的學生，三天兩頭領個警告或記過也是再普通不過的事情。雖然是學校的麻煩人物，但他們頂多是不愛讀書、不想守校規，嚴格來講只是被傳統教育制度給淘汰的人。

我比較幸運，有個健全的家庭，對讀書也還抱有熱情。但他們不同，成長環境多少有些缺憾，不是父母離異、隔代教養，就是早已習慣生活在龍蛇雜處的世界，沒有人管得著，國中學歷不過就是政府要求，對他們毫無意義。

阿逸就是如此，父親有吸毒前科，媽媽離婚改嫁，從小就只能跟著叔叔在宮廟裡混。國中和他同班時，一臉的凶神惡煞，想說這個人還是少惹，結果好巧不巧和他當了一年的值日生，才慢慢發現他心地不壞，只是擅長以凶狠外表來武裝自己，不讓人發現他殘破又窮困的人生。

有次放學，我們一起翹門，那天我媽有事不能來載我，他說可以載我回家，就要我跟著他溜到操場後的圍牆邊。他指了一台摩托車，說是朋友借他的贓車，雖然我才國二，但我分得清楚什麼事情能做、什麼不能做，於是我婉拒了。他只是冷笑，然後從口袋拿出了菸，熟練地點燃。

我看著他，問他是否還要升學、是否還要繼續這樣混。他操著一口流利臺語說：「林北會賺錢，讓那些看不起我的人閉嘴。」記得，當下的夕陽從操場照射過來，坐在機車上抽著菸的他有點帥，但我知道我們終究不會是同路人。

後來，我被轉到升學班，也漸漸較少和他碰面，偶爾看他在訓導處外被體罰，那是我國中對他最後的印象。

過了幾年有了臉書，好友邀請出現他的名字，照片中的他手腳爬滿了刺青，身形整個大了一號，塗鴉牆上滿是名錶、名車還有白花花的鈔票，職業寫著「金融管理師」。這些年他經歷了什麼，我並不清楚，但我想他已經做到了國中時給自己的承諾。

幾星期後，我返鄉放暑假，由於我和舊班級的少數人還有聯絡，於是同學會便邀了我去，我其實單純只是抱著好奇的心態，想知道那些同學們幾年後過得如何，倒真的讓我大開眼界了。

上大學後的我，環境很簡單，身邊的人都是學生，頂多偶爾打打工有些社會歷練，平時會遇到的壞事大概就是翹課、作弊諸如此類犯了校規，會遇到稱得上的壞人也就是些欠了點錢不還，或劈腿亂來的渣男渣女。但在這場同學會裡，真的讓我見識到什麼是魚龍混雜，我所知道的那些小奸小惡簡直不值一提。

總共來了十七人，包下了餐廳整層二樓，我問約我來的阿輝是否有必要如此大費周章，他說包場是阿逸的意思，他擔心我們這幫人會嚇到其他客人。

阿輝依序指著四個我已叫不出名字的男生。「槍砲前科、吸毒、吸毒、傷害罪，這幾個是有進過少年輔育院或監獄的。」阿輝再以肩膀示意我右邊兩個男生。「一個是車手、一個是暴力討債，但都是檯面下的事，噓！」

接著，阿輝細數著五位到場的女生，兩個從事八大行業，兩個未成年懷孕生子，現在都是單親媽媽。至於那個我國一曾暗戀的小欣，高職休學後就去當推銷員，據說賺得不少。

「那阿逸在做什麼？我看他臉書一堆金山、銀山的。」我問。

「唉唷，這不是我們的大學生嗎？」阿逸忽然走來，手臂就搭在我脖子上，半甲的刺青紋理在我眼前鮮豔無比。

我客套地笑著說：「你看起來混得不錯嘛！」

阿逸斜眼看著我：「這還用你說？沒想到吧。」

寒暄後大夥開始吃飯，身處煙霧瀰漫的場合，像極了電影《艋舺》或《古惑仔》，井底之蛙如我，這一切仍然太衝擊了。

我靜靜看著，看那些曾經稚嫩的臉龐被社會催促成什麼樣子，二十歲上下的我們，理應還在追逐著青春的餘暉，但對他們而言已是從前。

阿逸端起酒，起鬨要大家敬我和阿輝。「敬我們這群難得還在讀書的大學生，繼續讀碩士、讀博士，早點出來賺更多錢，成為比我們有用的人。」我尷尬地拿起果汁，客套地說大家都很棒，可我環顧那一雙雙看向我的眼神，有不屑的、有訕笑的、有仰慕的，當然也有瞧不起的神情。

我才終於明白，成長的意義，不過只是將我們各自推往能安身立命的棲息地，你有你的叢林，我有我的海洋，我們追逐著不同的目標，活著不同的生存之道。長大的我們只會更懂得，我們不需要理解對方，更別假惺惺地討好。

幾分鐘後，我拿起手機，假裝有事要先走，和大家揮手致意，阿逸叫住了我，說要送我離開。到了樓下，阿逸燃起了菸，笑著說要我別裝了，陪他抽根菸再走。我問他怎麼知道我找藉口要離開，他吐出滿口的菸霧。

「我在社會走跳這麼久，如果連這種把戲都看不出來的話，我老大怎麼可能放心讓整條民族路都歸我管？」

「所以是幹犯法的事情，是嗎？」我問。

「你們讀書人講法律，我們這種人也只是想活下去。真的要說，我們的法律就是money啦！」阿逸比出數錢的動作。他笑著，而我也笑了。

阿逸突然收起笑容。「國中我本來要載你回家的那次，你記得嗎？」

「記得，還說要用機車載我。」我說。

「其實車廂裡有一些毒品，朋友要我去送貨，我那時候很害怕，怕被警察抓，也怕萬一貨不純被對方砍。所以本來想載你到一個地方要你幫忙顧車，然後讓藥頭去找你交貨。」阿逸眼神始終看著別處。「後來，你拒絕我，還問我之後要不要繼續升學，我就突然被打醒，像我這種一出生就髒兮兮的人，怎麼可以拉你和我一起墮落。」

我睜大眼，推了阿逸一下。「靠，你也太沒品了吧！」

「啊所以我現在跟你道歉啊，但那時我也想清楚了，我就是和你不同，老子就是要賺錢，我這種人要翻身，就只能幹票大的。」阿逸說。

看著小我幾個月的阿逸，臉上早已沒有初見的稚氣，繚繞的菸圈在夜晚的騎樓暈開，像是被板擦擦拭過的黑板，擦掉記憶中那些方程式和古文金句，取而代之的是滿地銅臭與利益。

我和阿逸道別，希望他能保重，不要下次在新聞的社會版上見到他，他笑著摺了一串髒話，要我別太羨慕他。「做什麼都沒用，口袋裡的錢才是真的。」他最後對我說了這句。

回家的路上，我騎著車，在一點也不熱鬧的街區莫名感到淺淺的悲傷。

阿逸是否真的過得開心，我不會知道，但我明白人若能選擇出身，他不可能會踏上這條路。

很多時候，我們總會拿現況與結果評判一個人，進而產生成見，但沒見過他來時路的風雨，拿自以為是的價值觀衡量對方，實在不公平。

可我也清楚，拿自身的缺憾作為負面行事的理由，也說不過去，畢竟人生路不會只有那理所當然的唯一一條，不用出類拔萃，不用完美地出淤泥而不染，但至少能拍拍身上的灰塵，比別人多吃那麼一點苦，但怎樣也不會繼續在泥淖中打滾。

回到那個看起來很不起眼的家，我突然感覺慶幸，平凡一點，也是挺好的。

Play list

茄子蛋・浪子回頭
艾怡良・Forever Young

*P.S.*

你要曉得自己爲什麼而活，而不是活成你以爲人生「就只能這樣活」的模樣。

# 大齡單身不等於太挑，難道隨便嫁了會比較好？

人們壓根不管她幸不幸福，只想儘早將她從單身公害中排除。
花開花謝，有時身不由己，
緣分沒有著落，也許只是遇到的人良莠不齊。

對於過了適婚年齡還單身的人，這世界太不友善。不過就是比別人多過幾次生日，人們先是要你「再多看看」，變成「再挑下去活該落單」。

我的前同事，二十五歲進公司，二十七歲當上小主管，三十歲升上總監，公司超過一半的員工聽命於他。如果我話只說到這，大家一定覺得這真是一位平步青雲的好青年；那如果我再把「他」改成「她」，一定會有人驚呼，這真是個女強人。她是琳姊，三十四歲，未婚，單身超過兩年。我知道，再多羅列幾個線索，除了女強人以外，肯定又有更多的名詞、形容詞能稱呼她。

很多人說她是「敗犬」，也有人議論她為「剩女」，這些都還算是好聽的了。畢竟是公司大主管，自然有她的威嚴在，而那些沒能力只能挨罵的年輕同事，不分男女私下左一句「老處女」右一句「老姑婆」，言語的洩憤都直指著她年過三十卻未婚的身分。

但弔詭的是，公司另外一位執行總監Ben哥，三十八歲，同樣單身，不同的是性別，卻成公司女同事們的夢中情人，左一句「黃金單身漢」又一句「我的大叔」，多少人渴望被他搭上一兩句話，被交代任務彷彿就像被寵幸般。

「你看，Cindy和Ben講個話，笑得像個花癡。」午休時間，琳姊正吃著便當，一邊拿筷子指著。

「沒辦法啊，人家Ben哥是黃金單身漢，有車有房，相貌堂堂。」我說完，往嘴裡塞了顆魚丸。

「老娘也有車有房，還國色天香。」琳姊講完，我差點被魚丸噎死。

「對啦，古色古香。」

全公司，大概只有我能開她年紀上的玩笑，因為恰巧我的幽默感與她的笑點總能對到頻率，所以我可以沒大沒小地和她暢所欲言。雖然我小她八歲，但除了公事以外，我從來沒有將她當成年長的前輩，無論是外表和打扮，或者興趣與談吐，誰能想到她已年過三十。

但她就是搞不懂，為什麼這年過三十，以及逐漸攀升的事業，卻讓她在戀愛市場不斷掉價，即便來過幾次緣分，卻盡是些她不願再回想的過客。

年紀比她長的男人嫌她老，年紀比她小的男人，不是玩咖就是不夠可靠。工作能力比她強的男人，總要她婚後辭職並相夫教子，而工作能力不如她的男人，不是想吃軟飯的小白臉，就是易怒、敏感又愛強詞奪理，只為彰顯他微不足道的面子。

戀愛談得不得志也就罷了，關於她的那些輿論，總是有意無意將過錯推到她的身上。「妳太強勢了」、「妳個性要改一改」、「不要只忙工作」、「眼光別這麼高」、「不先交往看看嗎」、「都幾歲了還沒對象，妳都不知道鄰居是怎麼說的」。

她沒想過，從小這麼努力讀書，考個好學校讓家人驕傲，她努力學習才藝，待人處世得體，有良好的人際關係，事業上卯足全力，賺來的錢一半都作為孝親基金。然而，就僅是大齡單身，彷彿這一切都不算數了。有時候，她甚至懷疑人們壓根不管她幸不幸福，只想儘早將她從單身公害中排除。

有天下班，我要去和朋友聚餐，她說順道載我一程。坐上她的百萬名車時，我活像沒見過世面的男孩興奮著。

她看了我一眼便說：「我和你年紀差不多時，第一次搭上名車也和你反應一樣。但，我真羨慕你還這麼年輕。」

我說：「我才羨慕妳，如果我三十歲時有妳一半成就，就要偷笑了。」

她回說：「但我嫁不出去呀，我媽說現在很多鄰居也都在偷笑我。」

「吃不飽的人笑別人胖，自卑心理啦！有些人呀，就是要靠這種莫名的出口，才能平衡自己人生的空洞，妳大可和那些三姑六婆一樣，隨便找個人嫁了，然後整天無所事事、滿口是非八卦，這一點難度都沒有。」

我又看著她說：「那些人花一輩子努力，也達不到妳現今成就的千分之一。」

琳姊噗哧一笑。「唉唷，果然是作家，我好像要被你說服囉。」

「那妳可以說服我主管幫我加薪嗎？」我說。

「等我脫單再說吧。」琳姊笑著說。

人家都說賺錢拜虎爺，想加個薪竟還要看月老臉色，這是什麼㞗道。幾個月後，我收到加薪的通知，雀躍地去找琳姊，問她是不是已脫單，順便幫我提了加薪。

她說沒有，加薪本來就是我工作努力所應得的，就像她終於明白，只要打理好自己當下的人生，管誰閒言閒語、管他愛情不愛情，應得的幸福該到手就會到手。至少到這一秒鐘為止，她覺得自在而滿足。

我始終認為，人生所有的際遇都是多選題，只是在某些人眼裡只有二分法，結不結婚或者單身與否，都不是幸福的標準答案。花開花謝，有時身不由己，緣分沒有著落，也許只是遇到的人良莠不齊。

要找個人結婚，實在不是個太難達到的目的，只是不想隨便找個人湊合，讓婚姻成為愛情的墓地。有鑒於此，選擇先照顧好自己的生活，何錯之有？

如果無止盡催促的壓力，是擔心女人卵巢的有效期限，那還不如幫忙多存點錢，作為凍卵基金反倒實際一些。

不是嫁不掉，就說是妳不夠好、又太挑，別倒果為因。而是妳太明白自己想要的是什麼樣的生活，妳太有能耐讓自己過得精采，所以才會在嫁與不嫁的選擇題，做了此刻最理想的決定。

但是，妳仍然期待幸福降臨，就像每次購物都會索取發票，每兩個月對獎一次，總會有天開出和妳手上相同數字的號碼，無論是二百元或者二十萬，妳都會為此雀躍，總算終於輪到妳了。

Play list

李友廷・誰

彭佳慧・大齡女子

*P.S.*

單身又大齡，誰說就是過季商品？不要自己買不起，就說別人太挑剔。

# 不揮霍你的付出，這段關係才值得投入

愛情不能只學會怎麼愛人，也要接受被愛，
要能互有往來，像是羽毛球落在彼此的球拍，
在你我之間劃出恰到好處，能被接住的弧線。

不是每段感情最後都能銀貨兩訖，但至少要做到童叟無欺。

這幾天，好友阿宗說月底的他已破產，拜託借個幾百元給他，否則他真的要將房間所有多肉植物都剷除，挖土來吃了。我一邊掏出口袋的五百塊給他，一邊罵他蠢，吃什麼土，要也是吃多肉植物。

一個男人為了給女友生日驚喜，竟買了一百多盆多肉植物，擺了個愛心就充當驚喜，說這意思是指「妳是我的『心』頭『肉』」。然後，女友也只是拍個幾張照、發發ＩＧ，隔天便全都移植到阿宗家。為此，他還賣掉書架上的漫畫，滿滿五層櫃全都是盆栽。

他最土。

蠢，真夠蠢的，而且還玩什麼諧音哽，我看他種植多肉植物也都不用買土了，

「多肉事件」已是他第三次向我宣告破產，前幾次我就不提了，但都是為了女人。而這次，他的女友開始當起直播主，為了幫她衝業績、登上「紅人榜」，他一個晚上刷火箭、刷跑車，刷掉十萬元。

阿宗不僅長得憨厚，待人處事也憨厚，做事牢靠不花俏，在職場上備受老闆喜愛，也賺了不少錢。和他在一起就是有種說不出來的踏實感，可靠得很，也許就是這種特質，才讓他交了個長得算出眾的女友，當時大夥羨慕得不得了。

後來才知道，憨厚的人談起戀愛太吃虧了。女友說一是一，想要什麼他都照辦，換個包包、買雙新鞋，幾千、幾萬刷下去眼睛都不眨。

他總說，錢花下去就可以解決的事情都是小事，比較麻煩的是他女友某次半夜追「吃播」，鬧著說也想吃韓式炸雞，但大半夜上哪裡找？偏偏阿宗查到有家韓式餐廳開到凌晨三點，鑰匙一拿就往車上衝，到了餐廳人家都要打烊了，他就千拜託、萬拜託，店家才勉為其難再熱一次油，折騰了一個多小時回到家，女友都睡了，阿宗輕搖她起床還挨罵，說也買太久要他自己吃。

結果，阿宗凌晨四點發了個限時動態，說這家炸雞有夠好吃，我們問他，誰會在這種時間吃什麼韓式炸雞，他才和我們說了這個故事。

我們幾個好朋友看阿宗這樣，真的恨不得把他做成麵線，推去西門町賣。

其實，他女友一開始也不是如此養尊處優，也是會在情人節做巧克力送他，或在他加班時帶著晚餐陪在身邊。只是這幾個例子，阿宗一講就是兩年，每次我們叫他別再當馬子狗，他就會面帶幸福地說起這些往事。憨，真的有夠憨。

一個平凡女子被豢養成了公主，我們自然是忿忿不平，但愛情就是一個願打一個願挨，怨不得誰。

還記得有次，為了勸阿宗別花這麼多錢買名牌包給女友，吵了一架不歡而散，我承認自己管了太多，但我實在不忍心看他省吃儉用幾個月，就為了情人節。

隔天，他傳了段訊息給我。「只要當下真的很愛、很愛對方，那就算有借無還、傾家蕩產，都是值得的，哪有這麼多的市儈？世界太快，過度的節制與保留，怎能彰顯自己的愛與他人不同？」

這句話當時震撼了我，他說得沒有錯。

那不過只是種愛的方式，就像冬天買碗熱紅豆湯給對方，生病時日以繼夜照顧，都是為了心愛的人，哪裡有什麼不同。只是談到錢，嗅到銅臭，我們就會覺得這匹配不了至高無上的愛。

•••

後來，阿宗接連幾個月皆處於破產狀態，大家叫他別再刷禮物了，要就直接給真的，何必給直播平台多削一筆。他說這不過是投資女友的事業，更何況還有人刷得比他還多，身為男友，這面子往哪裡擺！

半年後，不只沒了面子，連裡子都賠了。他的女友劈腿了，對象是刷最多禮物的「乾爹」。阿宗氣急敗壞想找女友理論，到了她家樓下，看到門口停著高價跑車，她和一個男人依偎著上車，這才發現「乾爹」年紀和他差不多，不只有錢還長得帥，自覺哪裡比得上別人，呆望跑車，聽著轟隆的引擎聲揚長而去。

三年的愛戀時光，終究追不上奔馳寶馬。他不是不知道自己有多少條件，所以被篩選掉也是必定要接受之事。只是付出一切之後，愛真的不算數嗎？

我曾看過這麼一段話：「我給你十塊，他給你二十塊，你突然覺得他對你比較好。但你不知道我只有十塊錢，而他其實有一百塊。」不是自己給的才是最好，別人都不算數，而是如果你已給了全部，但對方卻只看得見表面溫度，那錯也不在你。不是每個人都能擁有感知真心的天賦，而真心可能也不一定是對方擇偶的首要條件。

●●●●

後來，阿宗被房間的多肉植物搞得觸景傷情，乾脆分送給身旁親朋好友，送不出去的就在網路上賣，有個買家一口氣買完最後十盆，剛好離家不遠，他決定親自面交。兩個月後，我們相約吃飯，阿宗春風滿面，說他和那位面交的女孩在一起了。

那天，他們約在女孩家路程十分鐘的捷運站，她一個人空手走來，哪裡搬得動這十盆多肉，更別說還要一路走回家。阿宗索性請女孩上車，開到她家公寓樓下，但她住在五樓，他只能硬著頭皮扛著十多公斤往上爬。

女孩過意不去，請他喝杯星巴克，就這樣聊了一個下午，談這些多肉植物的故事及前女友的轉身離開，阿宗一把鼻涕、一把眼淚地說出這些不對他人言說的心事，在女孩面前全然卸下心防。

「她看著我說話的表情，讓人好安心，那是我在上一段感情裡，從來沒看過的眼神。」阿宗說。

「首先，第一天見面就上你的車，還讓你知道她家，蠢。再來，說你憨還真不是憨，在女生面前示弱，搞得連我都想保護你了，她還果真上當，蠢上加蠢。」我如此總結了阿宗的豔遇。

接連幾個月，阿宗的限時動態盡是兩人的開心合照，有上山的、有看海的，甜到溢出螢幕了。他不再需要大半夜去買宵夜，女孩有一桌拿手好菜等著他下班；他再也不用走進名牌店浪擲千金，光是送個超商集點的卡通零錢包，女孩就愛不釋手。

每段關係都有屬於自己的度量衡，即便竭盡所能付出同樣的重量，但在不同人的心裡，卻有高有低，有短有長。

他才終於明白，原來愛情中不能只是學會怎麼愛人，也要接受被愛，要能互有往來，像是羽毛球落在彼此的球拍上，在你我之間劃出恰到好處，能被接住的弧線。

也許有一天，我們會成為某個人的太陽，或作為誰的微弱燈光。既然要愛，就要愛個懂得欣賞你光采的人。明白你的好，感謝你的給予，知足你的付出，理解你的無能為力，然後願在相愛的時光裡，絕不虧待你。

Play List・

李友廷・直到我遇見了你

韋禮安・因為愛

*P.S.*

愛情就像翹翹板，給得較多較重的那個人，只能位在下方。只得抬頭仰望的視角，終有疲憊的時候。平等的愛才能對等陪伴，在同樣的高度上相視而笑。

# 有一種夢想成眞，是和愛的人幸福成婚

你的不甘平凡，可能正是誰最奢侈的想像，
你眼裡乾涸的沙漠，是他嚮往的綠洲。
只要能放進兩個相愛的好人，又管他是男是女。

太多事情讓我們習以為常，卻沒想過多少人終其一生，都只能許一個實現不了的生日願望，期待我們覺得再平凡不過的小事。

大學時認識了小溫，追她的學長和男同學如果都出現在教室，應該會比當時中文系的聲韻學課堂還要滿。但不包括我，我喜歡的是她的室友，而且聲韻學我也從來不翹課。

小溫家境算富裕，一身行頭搭配她高挑的身材，誰都會多看她兩眼。只是過了一個學期，那些追她的人一個個都退出，然後轉移目標到其他女同學。問了幾個人，都說她難追又高傲，約都約不出來，誰和她在一起誰倒楣。

後來，在她室友生日前，我約了小溫出來，希望她給我點意見，順便試探看看我的單戀有沒有譜。才剛坐下等飲料來的時候，我隨口閒聊一句：「好多男生跟我說妳很難追。」她塗著唇膏，對我瞥了一眼。「我又不喜歡男生。」說完她繼續塗著，瞬間我和她之間的空氣凝結。

我身旁同志的朋友不算少數，但大多已出櫃，或也看得出來性向。也許，刻板印象制約我的想法，好像同志就該是什麼樣貌，才會對小溫無預警的坦誠大驚小怪。

但是，她卻習慣了。她從小到大被異性簇擁，每個站在她身旁的男孩都讓人生羨，只是她從來就不入眼。那些被她冷淡處理的殷切示好，漸漸變成她「難搞」的原罪，沒人想過她的性向，只是先入為主，說她眼光特別高。

她學會不加以爭辯。事實上，她也曾努力想要成為世俗眼光中所謂「正常的人」，試著和異性約會，想要用力地喜歡上男生。幾次過後，她便明白異性戀不存在於她的DNA，這更像是一種愛的本能，只有女性能使她心動又心安。

前段時間，她和高中曾曖昧的女同學小蓉交往了。她說，高中時還沒搞懂愛情的感覺，以為兩人只是要好的閨蜜，三不五時她都會來家裡住，和她睡一張床，家人也總是很歡迎這位同學。只是自從她向小溫告白以後，她們就形同陌路。

「我那時候很害怕，怕被當成異類，所以拒絕她。她的性向被大家知道後，很多人都排擠她，而我也是其中一個。」小溫愧疚地說著。

一年後，臉書出現了她的好友邀請，一個星期後她們約出來見面，一天後她們就在一起了。我問小溫，這進展是否會太快，她看著我說：「是太慢了，錯過那麼久。」

大學畢業兩年後，某天下午我在忠孝新生捷運站意外碰見小溫，我們去一旁的咖啡館敘舊，談談這幾年的近況，也聊我追不到她室友的往事，當然還有她與女友的愛情故事。

「哪有什麼愛情故事，就是一般的戀愛，沒有什麼不一樣。真要說有什麼精采的，應該就是我和家人承認我們的關係吧。」我心中有兩套劇本，一套是家人擁抱她們的溫馨浪漫喜劇，一套是百般刁難的虐心悲劇。她說，我只對了一半，因為不只是百般刁難，還有逐出家門，甚至是以死相逼的驚悚片。

說著說著，她鼻頭一紅，眼淚嘩啦地流下來。她一臉絕望地看著我說：「前天，我和我媽又為這件事情大吵，你知道她說什麼嗎？她說：『我寧可妳現在莫名被搞大肚子，都好過搞同性戀，丟我們家的臉！』」

她的瞳孔裡寫著心碎的樣子，她流下來的不是眼淚，是透明的鮮血。我好想告訴她，媽媽說的僅是氣話，但我無法若無其事地認定她能如此被安慰。語言的殺傷力太大，連我都會被她的轉述灼傷，很難想像小溫的心裡會被烙下怎樣的百孔千瘡。

和她告別的傍晚，我抱了抱她，要她一定要過得幸福。即使前路迢迢，荊棘蓊鬱，但愛哪裡會有錯，如果顛沛風霜是必經，那就踩個踏實，讓每個腳印鑲在土壤上，讓質疑和蜚語如何也沖刷不掉。

二〇一五年六月二十六日，同性婚姻在美國全面合法。我把這則新聞轉貼給小溫，她簡短回了一句：「我可能要等下輩子吧。」

歷經一次次家庭革命，小溫說她累了，家人不贊同也沒有關係，她在家還是能當個乖女兒，在關係中也當稱職的另一半，這狀態已讓她心滿意足。

「那萬一妳家人故意介紹男生，向妳催婚怎麼辦？」我問。「說找不到對象就好，難道你家人向你催婚，你就一定找得到老婆嗎？」她回。很好，說得完全沒錯，一巴掌打在我臉上響亮響亮的。

二〇一九年五月二十四日，台灣同婚立法正式生效。我看到小溫在臉書上分享這則新聞，配上幾個哭泣的圖示，但我一眼就看出那是喜極而泣的眼淚。

這個年代，我們總以為愛情該是自由意志，不用誰的允許、不用誰交代，想愛、想恨，兩人說了算。但是，某些人的愛情，卻仍生不逢時，平凡戀人的一蹴可幾，對他們偏是遙不可及。

多少人爭論愛情與婚姻的意義，喋喋不休討論著兩者差異。然而，對於同志來說，這從來就不是出現在考卷上的選擇題。你多想逃離的婚姻墳墓，他們卻渴望一頭躺下去，你說他們傻，不懂結婚的辛苦，但其實是你不懂。若你一生走的都是坦途，哪能理解他們的坎坷道路？

你的不甘平凡，可能正是誰最奢侈的想像，你眼裡乾涸的沙漠，是他嚮往的綠洲。如果愛的本質你我沒有差異，那只要能放進兩個相愛的好人，又管他是男是女。

Play list

楊丞琳・想幸福的人
五月天・擁抱

*P.S.*

有一種悲哀，是希望你能理解我，是那種明明渴求的生活和其他人沒有異同，卻仍不斷期望能夠被認同。

# 做不到斷捨，日復一日也不過貌合

我們等，等個幾天、幾個月，或幾年的，
像青春不值錢一樣地等，到了最後都不知道自己在等的，
是個可以實現的期盼，還是終於可放棄的答案。

距離上一本書的出版已過了兩年，那天和我的編輯吃晚飯，她說差不多可以準備第三本書了。我說好。回到家，我坐在電腦前看著螢幕想著，這次該寫些什麼呢？然後隔天，這台陪伴我超過十五年的電腦，就再也打不開了。

這台電腦，算是我青春裡非常重要的附屬品。它是我們家的第一台電腦，老爸

以前都會玩著新接龍，姊姊則是有打不完的報告，而我總是在後頭打量，盤算何時輪到我。

長大之後，在還沒有寬頻的年代，常常一不小心就花了很多撥接上網的費用，只為打那些我現在想也想不起來哪裡好玩的電動，而被家人罵得臭頭。

上高中以後，不再這麼沉迷電動，而是為了等待喜歡的女生即時通上線，說起來，也算是我真正對於愛情的啟蒙。後來，它如此笨重的軀殼，一路陪我上台北度過大學生活，然後進入社會、下班後的休閒，以及每一篇我書寫的作品。

兩年前的夏天，它開始力不從心了。過於老舊的顯示卡已跟不上高畫質的年代，還有不夠用的儲存空間，以及市面上已經絕版而無法更換的記憶體插槽，不只無法支援大部分新款的遊戲，連看個影片也是頓頓停停。

噢，更別提那慢到不行的開機速度，常常回到家得先按個開機鍵，然後去燙個青菜、煮個麵，電腦才會緩緩開啟。

對於電腦使用的重症患者來說，上述任何一項狀況都不被允許。不過，我都忍下來了。大不了不打遊戲，大不了看個影片多搭配點耐心，也沒什麼。朋友都對我這般行為匪夷所思，幾個會一起開語音打遊戲的朋友總嘮叨要我換電腦，每開一次語音、每見面一次，都在問候我的電腦。

「你那台電腦已經插管了，就讓它去吧！」我朋友亦群這樣嘲笑著它。

「放尊重點！頂多只是患上慢性病而已。」我這樣說。

能經歷Windows98的風光，改朝換代後來到Windows7的時代末端，若以人來比喻，大概也算是所謂的耆老了。那些將3C產品視為新潮標誌，總拿未過保固的產品換最新機型的人，肯定不懂我內心的糾結。這就像搬離老房子，或是要告別老邁的寵物，換掉這台電腦對我來說也是類似意義。

尤其，當我開始備份資料，發現許多好久沒開的資料夾，放滿了以前胡亂書寫的報告與小說、不再聽的音樂，還有一張張家人與朋友的老照片，我才真的感受到，就算過往資料可被一個又一個隨身碟與雲端存放，終究還是離開了最初的起點，如同記憶如何被反覆想起，卻也回不去那個時刻。

•••

後來，我去組了一台新電腦，配備雖不到頂級，也是一時之選。回到家，不到十秒的開機速度，絢爛的ＬＥＤ燈光，我著實感受到科技的血液在房間裡活絡起來。高畫質的電影流暢地撥放，好幾Ｔ的儲存空間偌大地像是新房，我猛然驚覺，過去幾年坐在相同位置的自己，過的到底是何種的電腦人生？

就一天，真的就只有一天，我對於舊電腦的情懷就像翻篇的日記，的確發生過，但就是昨天的事情了。而我卻花了好幾年，掙扎著道別。

我自認是個念舊的人，擅長捨不得，也不喜歡變動，總覺得麻煩，還過得去也就罷了。

或許，因為我這種個性，讓我適應了旁人無法適應的習慣，耳根子還特硬，聽不進別人的勸告。說穿了，我不斷地在為某些不知名的堅持爭辯著，明明我也知道不好，但就是沒有那個決心做到。

如果不是我的電腦死透了，我可能仍會繼續讓它苟延殘喘。就好比愛情，若不是抓到他出軌的證據，證明他不再愛著你，那你是否會繼續在爛泥般的關係裡，載浮載沉著？

關於斷捨，我們都還有好長的一段路要走。

我將近期這最大的體悟，分享給我高中隔壁班的同學阿薇。她只是冷笑幾句：「換台電腦都要這麼糾結的人，全世界大概就你而已。」但她才是我見過最糾結的女孩。

會與她熟識，是因為高二時，她交了一個習慣半學期就換女友的學長男友。這樣的八卦，大概從他們牽手被看到後的兩個小時就傳遍了。大家都在打賭，這段戀情的壽命大概會多長。

「估計不超過一個月。」我們班三十二號女生這樣說。「太壞了，至少也要三個半月，比平均半學期再多一點，這是我對她的信心。」阿薇他們班二十六號女生說。「我看一週就差不多了，聽說那學長根本還沒和前女友分乾淨。」阿薇他們班四號男生唯恐天下不亂地說著。「我覺得應該會很久，至少一年吧。」我隨口說說。

三個人異口同聲問我為什麼。「呃……因為阿薇人還不錯，不是嗎？」話雖這樣說，其實是因為既然要打賭，當然要押個與眾不同的。

隔天，阿薇就來找我了。「你們也太無聊，這個也要賭！不過聽說你很看好我們，為什麼？是我男友跟別人說我好話嗎？還是你聽說了什麼，快跟我說！」阿薇一臉期待問著我，但我實在說不出口我看好他們的原因。「因為我覺得妳應該很喜歡他，所以可以不在乎他之前的名聲。至於學長，會一直換女友應該只是沒有遇到適合的，說不定妳剛好就是。」我在高中就展現了對於感情觀點舌燦蓮花的潛力。

一聽完，阿薇笑得好開心，或許當時的她也對這段關係不抱信心，而我恰巧給了肯定。後來，她三不五時就會來和我分享他們的近況，但我實在沒有太大興趣，我只希望他們至少能撐到一年，讓我打贏這場賭局。

升高三的第一次模擬考後，整整一個月我都有免費的飲料喝，但第二週我就膩了。我拿著一杯珍奶給阿薇，感謝她撐滿一年的愛情成就我每天糖分的過量攝取。她接過珍奶，有點愁容地說聲謝謝，我感覺不對，但還是把吸管給她後就準備轉頭回教室。立刻被她制止。

「你都不會問我怎麼了嗎！」我就知道，每個把心事寫在臉上的人，都在等待一個可以幫他開啟傾訴按鈕的人，但這一按不是火山爆發，就是洪水氾濫。

「怎麼了？」我聽話照做。

「他劈腿了。」阿薇拿吸管用力刺穿珍奶的封膜，語氣卻是出奇地冷靜。

原來，這早就不是阿薇第一次抓到他劈腿，但他們始終沒有分手。每當他認錯，她就原諒。

「會不會是他離不開妳，否則他拍拍屁股走人就好，何必每次都要妳原諒？」我才剛說完，阿薇一個睜大眼，眼淚就滑了下來，但嘴角是笑的，彷彿在解不開的幾何題裡找到豁然開朗的答案。沒想到這句話，從此讓我罪孽深重。因為一眨眼就過了十年，阿薇還在和學長糾纏。

高中畢業後，我就比較少與阿薇聯繫，但通常她會出現在我的訊息時，就是在感情問題上有求於我，所以對於她的感情動向，我也略知一二。阿薇大學志願填到與學長同校，就這樣好過了幾年。

中途歷經學長畢業、當兵，然後兩人都出了社會，學長照樣劈腿，阿薇照常原諒。有一次，學長甩了她，她也一氣之下接受同事的告白，還很趾高氣昂地說自己勇敢地做了決定，想為自己的幸福而活。結果也沒捱過夏天，中秋烤肉又看到她和學長的合照。

我想他們都是同類人吧。總有連自己都說不明白的理由，寄生在彼此的愛情裡，縱然有無數次能夠自由的機會，卻又飛不出各自的鳥籠。也許是習慣，或者是畏懼改變以後的未來，才將這些不成文的默契，日復一日記載了起來，然後聽著狀似合拍的節奏，唱著不同頻率的情歌。

後來，聽說那學長不只劈腿，還搞大了某個女生的肚子，被女方的家長逼著給交代，匆匆結了婚。而阿薇則決定飛去澳洲打工。在臨走的前一晚，她傳了訊息給我。「他以前沒有一段感情撐得過半學期，那為什麼他不這樣對我？」

「或許因為妳是一個特別好的女生吧。」我回。

什麼叫「好女生」？對每個男人而言可能有不同定義，有的人覺得長得好看、身材好就是好女生，有人覺得溫柔體貼才是好女生。我眼裡的阿薇，具備了大部分好女生的條件，我想學長也看到了，只是他沒能學會珍惜，卻很懂得棄之可惜，所以抓住了她的軟肋，讓她哪裡也去不了。

「換台電腦都要這麼糾結的人，全世界大概就你而已。」阿薇在時差快兩個小時的澳洲，於視訊的鏡頭前冷笑著。「有人也不遑多讓呀，能和渣男攪和個十年八載的，也是糾結界的奇葩呀！」不是我吃了熊心豹子膽，敢開這種玩笑，是阿薇先碰了熊心，不過是無尾熊的。

阿薇去澳洲後，找了個動物園志工的職缺，她沒想靠打工賺錢，只是想離開那個她被傷透的城市。大概兩個月後，她開始偶爾會在臉書上傳幾張被無尾熊圍繞的照片，然後再兩個月，照片裡多了個笑起來很好看的台灣男孩。

之後過了兩個月，她傳來和男孩一起過生日的照片給我，附註一句「閃死你」。我在十三度的台北街頭，點開了這張照片，瞬間感受到澳洲的陽光燦爛。

「閃死我了，但妳早該幸福的。」我回。

我們都是敗給習慣的人，像是走慣了回家的路，就沒再想過或許還有某一條可行的近路。我們總是不夠強大，被不捨拉著跑，以為只要戀戀不忘，就能在期待中開出一朵花。

於是，我們等，等個幾天、幾個月，或幾年的，像青春不值錢一樣地等，到了最後都不知道自己在等的，是個可以實現的期盼，還是終於可放棄的答案。真的，別再哄騙自己這樣的生活就好，因為你其實並沒有過得多好，而你明明都知道。

Play list

梁靜茹・我好嗎
林俊傑・學不會

*P.S.*

明明能夠自主呼吸，你又何必戴著氧氣罩？依賴最可怕的地方在於，你不需要卻又拚了命想抓牢。

# 輯四

# 大人事務所

成爲大人，得先失戀過、在愛裡孤寂過，
然後才明白人生更重要的事多得是。

# 那些催促我結婚的人，都無數次後悔走入婚姻

我們都見過婚姻的美好，也看過婚姻的無可救藥，為了將踏入泥淖的風險降到最低，總還是必須花點歲月沉澱尋覓，選擇獨善其身也未必是不得不的選項。

當我發現社群平台上結婚、曬小孩的好友越來越多，長輩們催促我該找伴結婚的聲音越來越急的時候，明明我的身體狀況和過去相差不遠，卻真切感受到什麼叫做歲月不饒人。

這些年關注並催促我終生大事的人，大概就像呼籲要重視全球暖化的科學家一樣，彷彿示警著若不再當一回事，末日就要來臨了。但我不知道我在這歲數單身會害到了誰，卻被視為公害，好像我是個不懂事的孩子，不知輕重緩急，而我的解釋在他們的眼裡都成了強詞奪理，無奈地反應好似在告訴我，再不找個伴可能就要觸犯了什麼天條。

我不是不婚主義，對婚姻仍然嚮往，只是戀愛市場不是超級市場，琳瑯滿目的商品只要有錢就可以全帶回家。在我這年紀的善男信女，誰不是要貨比三家，不只要反覆確認眼神，還要評估彼此的靈魂，是否在相同的維度。或退到更現實面來看，被通膨吃掉的薪資、節節高升的房價，養活自己以及維持生活水平之餘還要孝順父母，我們真的做好準備要與另一個人患難與共了嗎？真的能撐得起家庭的重量嗎？太多的問題至今仍未有解答。如果連我也是這樣，更別說長我幾歲的雅婷了。

在疫情緩解終於開放內用後，雅婷約我吃頓飯，除了聊聊近況，她說起自己確診時發生的事情更是咬牙切齒。她說那時候自己頭燒得厲害，遠在台南的母親放心不下獨自在台北工作的她，便托了阿姨幫忙送晚餐、藥品和營養品。

「在那個風聲鶴唳的時候，阿姨願意幫我，我真的是感動得要命，雖然她就是標準過年時會把工作、愛情諸如此類的近況問遍的討厭親戚，但那時候完全是我的救命恩人。我讓她將東西放在門口就好，以免被我傳染，還放了酒精跟錢附帶一張感謝紙條，結果她直接打電話來，先關心我的身體，然後對我說教了半小時。」雅婷暫停一下先喝了口酒。

「所以她說了什麼，要說半小時？」我問。

「她開頭第一句先說東西送到了，順道關心一下我的身體，接著開始說『阿姨不收妳的錢，我怕上面有病毒，而且在這種時候妳本來就不該亂跑去染疫，我一路上來這裡多膽戰心驚。然後阿姨跟妳說，妳都這個歲數要趕快找個伴照顧妳，不要讓妳媽媽還有阿姨擔心，妳就是眼光太高才會這樣，我在妳這個年紀的時候都生了妳的表妹和表弟了。』接著又是詢問與叨念來回穿插。」雅婷氣得敲桌子：「我燒到38度、喉嚨痛得要命，結果竟然在跟我說這些？」

「那妳怎麼回？」這麼奇葩的事情讓我勉強忍住了笑意繼續問。

「我就說『阿姨謝謝妳啦，但我現在頭有點痛，妳等等回家要注意安全哦。』我都這麼客氣了，結果她老人家繼續『看妳喜歡什麼樣的男生，阿姨也可以幫妳介紹啊，但就是不要太挑，我們隔壁家陳阿姨年輕時長得多漂亮，結果東挑西挑到現在孤身一人，好可憐啊！』聽到這裡我直接理智線斷掉。」雅婷越講越大聲：「我就回『誰說不結婚就很可憐，妳想一下姨丈整年都在越南，表弟、表妹也都在其他城市工作，妳現在也是一個人啊！妳整天跟我媽抱怨姨丈都不回家、一天到晚跟妳吵架，還懷疑他是不是在外面亂來，說過幾次後悔嫁給他，我就問妳這樣真的比較幸福嗎？』說完我就直接掛電話了。」

「結果呢？」我太驚訝，急著想聽後續。

「結果就是隔天阿姨也不來了，我直接叫外送，而且在那之後也都沒跟阿姨有聯絡。倒是我媽有打電話來關心，不過她懂我的脾氣，也懂阿姨多管閒事，所以沒念我什麼，畢竟我爸走得早，結婚對她來說到底算不算幸福，可能也沒個正確答案吧。」雅婷說完後也把酒喝光了。

我能同意當你有著令人稱羨的成就，知道怎麼走是捷徑，人生也因此錦上添花，那麼，分享這樣寶貴的經驗來讓我聞香，並適當給出正反兩面的建議，我絕對非常樂意雙手捧好，並孜孜不倦地向你討教。但怎麼樣也不該是，你懵懵懂懂地完成一件乍聽之下還不錯的事，結果身在其中才懂得滿腹的委屈與後悔，只好將無處宣洩的無可奈何，用自我感覺良好的假象包裝，對他人的人生說三道四。

我們都見過婚姻的美好，也看過婚姻的無可救藥，為了將踏入泥淖的風險降到最低，總還是必須花點歲月沉澱尋覓，倘若最終仍遍尋不著，選擇獨善其身也未必是不得不的選項，也許那時我們都會明白，所謂的幸福不只是一種模樣。

所以我們不急，旁人也切勿焦躁，更別端著你們那看起來也不怎麼樣的人生前來指教。那是獻醜，不是模範，更不會讓人覺得結婚是理所當然，反倒會讓我們思考，這樣乏善可陳的生命軌跡，該怎麼不跟著覆轍重蹈。

最終假若一個人走入婚姻，絕對和旁人的催促和提醒毫無關係，既然如此，就請收起那無用的關心，就算說者無意，聽者能不口出惡言、不擺臉色，其實都已經禮貌至極。

Play list

李友廷・都好

洪佩瑜・無慣例的早晨

*P.S.*

長輩們似乎有個壞習慣，就是自己的婚姻不美滿，卻又總喜歡對單身的人展現已婚的優越感。

# 如果眞的幸福，就無須想盡理由自我說服

所謂幸福的輪廓都是渾然天成，無須任何欲蓋彌彰的贅詞，
也不須向人解釋言說，你才會懂得，
終會走散的人，是握緊拳頭也抓不住的光影。

總有些人，一旦碰觸到愛情，就會為不願積極面對的狀況填上合理的答案，說服自己這就是愛的原委。

暗戀的時候，若對方整天不回覆，你說他肯定沒看到訊息；戀愛的時候，若對方整天不回覆，你也說他肯定在忙。等到了失戀的時候，才發現他從來沒有什

麼理由，只因為你的對話框，再有愛、再關切，也不過是能被其他訊息擠下的存在。

每當你的愛情出現裂縫，「慣性逃避」便成了你的ＯＫ蹦。對方只要起了個頭，你便能連忙補上漂亮的藉口。換個角度想，也許好過一點，至少你說服自己的當下，那個驚慌失措的自己便能在心裡安分。

認識你的人總說，這樣的爛好人個性要改，而你的回應則是千篇一律的「沒關係」。我們都明白，那所謂「沒關係」，不過是和著退讓與委屈，咬牙吞進心裡。但很愛著他，自己卻不被愛著，哪裡會沒關係。

談過戀愛的人都曉得，要證明誰更愛對方，就看誰的包容力更加巨大。因為真的愛他，所以先過濾掉他可能的錯誤和無心經營，寧可不要聽他解釋得漏洞百出，倒不如讓你先填補他殘缺的證詞。如此一來，這彰顯你的懂事貼心，不計較而大度，他或許會因此心裡更加歉疚，下不為例。

期望總是最美，偏偏已失衡的愛情，總叫人事與願違。

於是，你不過是在舞台上出盡洋相，每一句台詞都是脫稿演出。當有人發覺你的勉強，你堅決說沒事；有人給你勸慰，你也說一切是誤會，彷彿當局者迷、旁觀者清的道理，到你這裡全都不合時宜。

也許，在愛裡迷途的人，也都有所謂的「斯德哥爾摩症候群」。但要承認自己依賴的溫柔，是扼殺幸福的罪魁禍首，終究還是難以接受。

所以，你寧可醉生夢死地活著，也不願承認自己做錯選擇，後來為了消弭這樣的過錯，只能用一個又一個的謊，說服自己所有問題都只是無心之過。

但是，這樣子的你真的開心嗎？你不要將無所謂的逞強掛在嘴上，而是要能打從心底地滿足於現下生活；別只留下安於表面的和平，尤其當你捫心自問這段感情的回顧，你是否能理直氣壯地說他多麼愛你？

有一種人，總想盡辦法證明愛裡的幸福，但誰都看得出來，那不過就是件國王的新衣。因為當你真正擁有了，快樂就是不言而喻，沒有人會有半句的多嘴，只有欣羨。

所以，即使你能洋洋灑灑寫滿多少詞藻華麗的篇章，終究還是要回到自己身上，而不是活成想像中「從此過著幸福快樂生活」的主角。你可以強詞奪理，可以為他辯解，可以陳述他過去對你多好，但這些對任何人來說都無關痛癢，堆疊再多華美妝髮，回到家都是素顏一張。

你的愛情，冷暖只有自己知道。

當你真正意識到，所謂「幸福的輪廓」都是渾然天成，無須任何欲蓋彌彰的贅詞，也不須向人解釋言說，你才會懂得，終會走散的人，是握緊拳頭也抓不住的光影。

你不能說服誰留在你的生命，也就別說服自己這就是你渴望的愛情。

如果，往後你有機會見上一眼最美的風景，就別留在只能路過的旅行，要讓自己談一場適得其所的戀愛，那種毫不猶豫的快樂，你試過一次就會明白。

Play list

楊丞琳・點水
蔡依林・詩人漫步

*P.S.*

只有賣不掉的東西，才需要用話術推銷，只有逐漸崩壞的感情，才要拚命說沒事、我很好。

# 他這麼愛你，你怎麼還在爲別人傷心

憂愁有時，阻礙有時，
但人活到這歲數，靠的不只是自己的本事，
還有那一張張習以為常的臉，托住時不時下墜的你。

你要的世界很遙遠，但或許你，也是某個誰的全世界。

前陣子我失戀了。甚至說失戀都還言過其實，不過就是單戀，我卻為這不盡理想的結尾低潮不已。每次都告訴自己，喜歡一個人最多就七分滿，多了便難收回，最後不僅連朋友都做不成，甚至連大肆傷心欲絕的權利都沒有，畢竟只是一個人的念想，連訴苦的對象都沒著落。

那段時間我很壓抑，人前幽默，人後落寞。大夥兒聚會喝酒是為了慶祝，就我自己借酒澆愁。

我常在家發楞，想到什麼捨不得的畫面，有時候眼眶就會不自覺模糊。我記得那是，雨下不停的週末，前一晚喝了酒有些宿醉，我從被窩裡緩緩坐起，看著窗外淩亂的雨，又突然悲從中來，除了感嘆有緣無分，也為當時糟亂的思緒別無他法。

人家總說寵物有靈性，我養的兩隻貓Moonlight和Sunshine也是。在我低落時，牠們時常站在遠方看我，有時候也會過來蹭兩下，或倚靠在我的身邊。而那天，她們本來也攀在窗邊看雨，也許是我幾聲嘆氣引起了她們的注意，先是回頭看我，然後輕柔地踩踏過我的被子。

Moonlight爬上我的肚子，收起尾巴蜷曲坐下，用很適合擁抱的姿勢望著我；Sunshine則舔了舔我的手臂，然後折起手靠在我的大腿外側，以我從來就沒有抵抗力的眼神看著我。

外頭的雨聲好嘈雜，但我就這樣哭了出來。我竟然為著一個從未屬於我的人多愁善感，任憑負面思緒將我轟炸地體無完膚，而我的兩隻貓，就只有這十坪大的公寓，白天目送我出門，晚上回來賴在我身邊打滾，這裡就是她們的全世界，我就是她們心之所向。噢，也許還有肉泥和貓草。

明明她們這麼愛我，而我卻還在為別人難過，一想到這裡，我便覺得愧疚。

人在傷心的時候，目光特別狹隘，就像是趨光性的蟲子，眼裡只有那團一碰就疼的火，當下沒有任何感知，能做的只是狠狠承受那應得的痛。

我朋友大湯的姊姊，當了別人婚姻裡的第三者。大湯之所以會發現，單純是和姊姊借手機拍了幾張照片，打算傳給自己，多左滑了一張，見著她和一個男人極度親暱的合照，他一眼就認得是姊姊常提到的已婚男同事。

想到那畫面就令他作噁，但又不願讓家庭因此失和，不想讓爸媽擔心，所以一直把這事情藏在心裡。

他姊也到了常被爸媽催婚的年紀，以前總笑笑帶過，但後來任何關鍵字就像飛進眼裡的沙粒，一提到便紅了雙眼，或者怒目相視，最後都是甩門進房，常吵得不得安寧。

大湯說，姊姊老是說自己單身，但每每返鄉回家，一進門就關在房間煲電話粥，誰都知道有鬼。他曾看過他姊默默滑著那男同事的臉書，點開他和老婆以及小孩的照片，擦著眼淚；也曾在家庭聚會時，接到電話後，便興高采烈說等會有事，晚點要搭高鐵回去。

但這都算了，最讓大湯害怕的，是放在她包裡那一包又一包的抗鬱劑。

在一場愛情裡，當那個不得見光的人，不是活得像身處煉獄，就是困在動彈不得的牢獄。日子不是自己的，所有情緒只得自己吞下，任由忽明忽滅的微弱燭火照亮心裡空虛的角落。

姊姊的喜怒無常，爸媽都看在眼裡，常黯然神傷，覺得兩老是不是做了什麼對不起她的事。大湯有次忍不住，便把他姊的事情抖了出來。這一抖不得了，抖出了媽的憤怒、爸的眼淚，覺得一個女孩如此成何體統，覺得寶貝女兒怎麼傻到甘願自己被這樣對待。

但是，孩子的錯，做父母的，終究還是會責備到自己身上。再多的憤怒、震驚，最後都只剩下不捨。

他們決定好好守著這祕密，也保住她的尊嚴，在她情緒不穩時不再惡言相向，而是端一碗熱湯；或者全家人一起出遊，彷彿回到小時候快樂無憂的時光。婚不催了，不再要她快找個男人嫁一嫁，叮嚀她的事只剩「照顧好自己」，然後「挑男人的眼光記得要銳利」。

大湯說，到了這個年紀才終於看懂，原來爸媽一直在示範著什麼是愛。姊的遭遇，那是她的功課，局外人能把是非對錯看得清楚，但沒人能替她領悟，所以只能用我們自己的方式，向她詮釋她應得的對待該是什麼樣子。

既然不能強硬地將她撥亂反正，又不能替她傷心，那至少要讓她明白，在外面過得不好的時候，能往哪去。

後來，她姊回家的頻率多了、笑容也多了。大湯說，她應該尚未從混沌的關係裡找到出口，但也許漸漸明白，愛她的人，才不會捨得她傷心。

生命就是這樣，幾番低潮、幾次錯誤相遇，不過都是常見的考驗。憂愁有時，阻礙有時，但人活到這歲數，靠的不只是自己的本事，還有那一張張習以為常的臉，是他們托住時不時下墜的你。只是衝向雨中的人，往往濕了一身，卻不記得後頭有人想為你撐傘。

很喜歡張愛玲在《半生緣》中的一段話：「我要你知道，在這個世界上總有一個人是等著你的，不管在什麼時候，不管在什麼地方，反正你知道，總有這麼個人。」

人生漫漫，只要留幾個人、幾件事在心裡惦念足矣。因為這些煦煦存在，關關難過才能關關過，只要你能不忘這些善意，再偌大的世界，你都能找到一處安放破碎的心，輕撫受傷的你。

那裡不是遙不可及的天堂，就在你伸手就可觸碰的近處，不在他方。

Play list

謝震廷・燈光

魏如萱・陪著你

*P.S.*

將你的在意留給在乎你的人，至於對你的傷心與否都不關切的，你就也別堅持留下了。

# 只是放心不下，才把你當作傻瓜

說不完的提醒，叮嚀不停的囑咐，
那從來都不是因為不信任對方，
而是害怕就少說兩句，安不了自己的心。

不知道從什麼時候開始，撩妹語錄或土味情話成了主流，或許一開始總令人會心一笑，但不過是煙火秀的前三分鐘，起初抓住你的眼球，緊跟在後的只是哈欠連連。

有些情話，未必是什麼詞藻優美的浪漫詩篇，反而更像無意義的叨叨念念，可偏偏跟誰講都不對，就只有那個你最在意的人才對味。

許瑜有個愛情長跑五年的遠距離男友，他什麼都好，就是太嘮叨。有次許瑜搭捷運遇到色狼，氣憤地打電話給男友訴苦，男友立刻搭高鐵從台中上台北，陪她到警局報案。那天開始，她男友就立下不管到哪都要報平安的規定。

一工作起來，許瑜就是那種整天不吃不喝也活得下去的人。一次，她泌尿道發炎，醫生說她長期憋尿、水喝太少。男友知道後，立刻買了保溫瓶送她，不僅要她每天至少喝滿一罐，三不五時傳訊息問她起來上廁所了沒。

她和朋友們抱怨男友總反應過度，讓她覺得很煩，但得到的回饋褒貶不一，有的人覺得他太婆媽不像個男人，也有人滿是羨慕，責備她身在福中不知福。許瑜想要聽到的答案是前者，偏偏說後者的居多，每次都讓許瑜很不是滋味。

有次聚餐，許瑜特別帶了男友來，一進門就幫她拉椅子、倒水、擦餐具，飯吃到一半看到許瑜嘴角有醬料，就拿起衛生紙幫她擦。同桌女生看到，直呼她也太幸福，有個這麼疼她的男友，許瑜撐起微笑拿手肘撞撞男友，笑說：「他根本就是我爸，半夜還會起來幫我泡奶粉。」大家笑成一團，唯獨許瑜笑得勉強，每個人都以為這是稱讚，但我聽著總覺得特別酸。

大家吃飽後至酒吧續攤，酒剛上桌，許瑜就接起電話，不耐煩地直說：「好啦、好啦，我都幾歲了。」原來，是她媽媽聽到她還沒回家，便囑咐個不停。「我媽真的有夠煩，一直把我當小孩看，每次都說什麼『別太晚回家』、『天冷多穿一點』，我最討厭她說『記得吃飯』，到底誰會忘記吃飯呀！」她越說越生氣，她男友輕撫著她的頭說：「別生氣，阿姨關心妳而已，沒事沒事。」誰也沒想到這句安撫就像引信，沒燃起體貼的仙女棒，反而炸得遍體鱗傷。

「你就跟我媽一樣煩，什麼都要提醒，什麼都要幫我做好。別人稱讚你貼心，其實是在笑我沒用，憑什麼都你當好好先生，我就像什麼都做不好的廢物？」許瑜句句帶刺。「我看起來像白癡嗎？飯會忘記吃、走路會不看路嗎？我比你們都還會照顧自己好嗎？」

酒吧音樂開得很大聲，我們的靜默顯得格格不入。許瑜喝光剩下的酒，轉頭就說要走了，她男友也起身，一秒就被制止。她攔了計程車，跟大家道聲再見，眼神完全沒看男友一眼便匆匆上車。她男友只能眼睜睜看著車駛離，然後默默掏出一千元，付了他和許瑜的酒錢，還向大家道歉，害大家壞了興致，說完就搭車回台中了。

正當大家議論許瑜是否太過分時，小佩支支吾吾地說：「她叫我不要說，但都這個節骨眼了，我怕你們誤會她。總之……她媽媽生病了，到了末期才跟她說。她氣媽媽明明知道自己的病情，還每天若無其事地關心她，覺得自己像是毫無作用的人，被人捧著、呵護著，自己卻什麼都不能做。所以，她才會對這些叮嚀變得敏感吧，甚至還瞞著她男友，就怕他擔心。」

聽完之後，大家面色都很凝重，互相對視卻欲言又止，畢竟只要論及生死，其他的好像都只是小事。

那天以後，許瑜和男友整整兩個月沒見，雖然每天還是會通個電話，雖然男友偶爾在傳訊息時還是會不小心傳出「記得吃飯」，又快速收回。雖然很想見對方，他們卻沒有人先開口。

之後，許瑜和我們坦誠她媽媽的病況很不樂觀，也承認自己提了分手，卻沒有將實情和她男友說，她根本無暇再去維持一段遠距離的關係，即便她並不是真的不愛他了。

半年後，許媽媽過世了。臨終前，孱弱的病體已分辨不出四季，仍每天告訴許瑜衣服要多穿些，記得好好吃飯，還有要和男友好好相處。那是台北近十年最熱的一年，也是分手後半年又十五天。在處理後事期間，我們偶爾會去看望許瑜，除了紅腫的雙眼和消瘦的臉頰，她和我們說話的時候跟平常沒什麼兩樣，她在逞強。

直到當下才突然明白，我們太習慣那個在別人面前懂事獨立的許瑜，卻沒察覺那是種保護色，可哪裡能騙得了她的摯愛。她總是要強，不輕易示弱，難過的時候轉頭抹掉眼淚，加班熬紅了雙眼還說自己不累，我們只會傻傻敬佩，但將她擱在心頭上的人，才真的放心不下這樣的一個她。

告別式前一天，我們帶了些純素的甜點給許瑜，給她換個口味。才剛到樓下，就看到她的「前男友」穿著一身黑在外頭徘徊著。我們打了聲招呼，示意要不要一起進去，他才點點頭跟在後面。

許瑜一開門，就撐起笑容歡迎我們，但一看到前男友便皺眉質問：「你為什麼在這裡？」

「我剛從日本出差回來。」他回。

「我是問你，為什麼知道……」許瑜的聲音開始顫抖。

「我寧可什麼都不知道，就可以厚顏無恥賴著妳不走，但就因為我什麼都知道，所以我才不能打擾妳。」

他話都還沒說完，許瑜就一頭撞進他的胸懷裡，兩個人大哭一場。

原來，檢查報告出來那天，許媽媽就和女兒的男友說了這件事。她不怕死，就怕自己生了個倔強的女兒，不服輸、不低頭，沒有幾個人明白她的脆弱。她爸走得早，連自己也要跟上了，只期望他能代替自己看顧她。這半年，許瑜沒有和媽媽說分手的消息，所以許媽媽只要身體狀況許可，就會傳訊息給他，知道他們遠距離辛苦，有時會傳偷拍許瑜的照片，但更多時候都在交待未來。

「阿姨很囉唆，常惹她生氣，但只要她好，我就能毫無牽掛。你要答應阿姨，要比我更囉嗦，這樣我才知道你和我一樣愛她。」這是許媽媽最後傳給他的簡訊，惹哭了所有人。

也許，當心裡真正出現了一個無可取代的人，我們就會為對方操心。說不完的提醒，叮嚀不停的囑咐，那從來都不是因為不信任對方，而是害怕就少說兩句，安不了自己的心。

就因為你是他的重心，只要你稍有偏離軌跡，他的生活也跟著戰戰兢兢。你可以嫌他煩，可以不耐煩，但他的愛如假包換。記得吃飯、多喝水、騎車騎慢點、衣服多加一件，他怎麼可能不知道你有照顧好自己的本領。然而，他也只是想讓你知道，情話太讓人難以啟齒，只有改說幾句關心，才不會不好意思。

不喜歡聽那些叨叨絮絮的提醒，是因為聽者還不懂得翻譯，每一句都是在說我多麼愛你。

Play list

吳青峰・不苦

陳奕迅・讓我留在你身邊

*P.S.*

**過剩的關心，是沒包裝過的浪漫，是爲了彌補不能陪伴左右的遺憾，是盡可能將愛表達得最委婉。**

# 別將愛情看得太重，那不過只是人生快樂的其中一種

我多想告訴如我見過地獄的人，
退一步都是出路，也許絕望來自於深深愛過，
可希望，永遠都存在於再愛一次。

不知道從什麼時候開始，我們習慣將愛分為兩種，一種是「愛情的愛」，另一種是「其他的愛」，將親情、友情等等全都打包在一塊。

世人喜歡歌頌愛情，滿街的情歌，一齣齣浪漫的劇集電影，和翻閱一則又一則

與愛有關的文字與書籍，無論是親眼見過愛情的美好，或是從小耳濡目染而對愛產生憧憬，總會讓人有總「不愛會死」的錯覺。

曾經，我也是這麼想的。

我愛過一個人，愛到我深信只要她開口，我連命都可以給的那種瘋狂。當時我只覺得，自己何其幸運能夠擁有這麼一個全世界最美好的禮物，我寵溺、付出，盡我所能給出一百分的自我，拿每天二十四小時的時間來想念、關心，就像愛護一個稀世珍寶、一朵被小王子守護的玫瑰，我沒有任何理由從她身上分心。

只是，這樣的執念，對無法同步回應的人來說，是掐在脖上的手，是戴在頭上的緊箍咒。我的愛如潮水，對她來說不是波光瀲灩的美妙，是驚滔駭浪的海嘯，其實她偶爾會以不同方式對我暗示自己快被淹沒了，但我卻仍舊以為有多愛，就要給出多少，哪裡需要吝嗇。然而這件事情，是直到她要我們退回到朋友關係後我才曉得。

那是我人生第一次感覺到什麼是心碎，什麼是生命沒了重心，什麼是痛到不能呼吸。

在一陣拉扯之後，我終於理解到這段關係無法善終的事實，也是從那一刻起，負面情緒就像流沙般，拖著毫無掙扎的我，一步步下墜。大部分時間我都將自己關在房間，整整七天除了維持身體機能的進食，我不餓，不出門，也睡不著，更阻絕一切聯繫。時間在七坪大的房間變得緩慢，思緒太過混亂，閃過腦海的畫面，大多是百思不得其解為什麼全心付出會落得這般下場，以及一次次想死的念頭。

我不是說說，我真的開窗戶往下望了好幾次，但因為當時住二樓所以作罷，我甚至還上網查關於了結自己的方法，我就是想找尋可以終結那種撕心裂肺痛苦的解脫。現在回想起來，還是覺得自己愚蠢至極，但在那時候，將愛情視為全部的我，真的會忘記活下去的本能。

後來拯救我的，不是什麼戲劇化的轉變，僅是一個平凡的日常。

朋友說有約，要我一定得出席。我百般推託，他們索性帶著食物到我租屋處樓下喊我的名字。我必須說，我當下恨透這群人，就算平常他們總喜歡成群來這玩樂，但現在不行，我沒做好準備。只是真正的好朋友，哪裡會和你客套，他們太清楚我的底線，我嫌吵，他們會吵得更厲害，我說改天，他們就要硬闖。

我實在沒法，只好開門讓他們進來，本來還在外頭喧嘩，一見到我瞬間都安靜了。我知道我有多狼狽，七天沒刮鬍子，亂糟糟的頭髮以及哭腫的雙眼，我都知道，但你們偏要，現在尷尬了吧。

我低頭看著他們手上的披薩，直接摔落地上，我抬頭和他們對眼，緊接而來就是一層又一層的擁抱。

「你怎麼變這樣，這不是你。」

「有事情就找我們聊啊幹嘛連我們都躲啊？」

「幹！我看你這樣，我都要哭了。」

那一刻我忽然明白，摯友的關心，是全世界最難抵抗的肉麻。我哭，哭得聲嘶力竭，哭得纏綿悱惻，哭得像是有什麼人死了一樣，也許那人就是過去的我。

大部分的愛情，快樂時能觸及天際，痛苦時卻深不見底，而我當時就像墜入《全面啟動》裡的混沌空間，困在自己一籌莫展的潛意識中，半生半死，不見天日。我由衷慶幸那晚我選擇打開門，讓晦暗的房間透進光，讓盛滿雨水的盒子流淌，就這麼一個舉動，從那刻開始，我的生命變得不一樣。

於是幾次、數度，我都渴望將這個起死回生的始末，分享給每個在失戀中破碎的人類，即便爾後在愛情裡受挫，我仍會椎心刺骨，但已傷不及要害，也大幅縮短負面情緒折磨我的時間。我多想告訴如我見過地獄的人，退一步都是出路，也許絕望來自於深深愛過，可希望，永遠都存在於再愛一次。

愛，不僅止於愛情，更包含所有笑淚與共的相遇。我們總是差了這麼點心思，錯把愛情的歡快，看作生命的吉光片羽，但失戀就像從夜空墜落的流星，許個願，祝各自安好或後會無期，睜開眼，漫天星辰，我們哪裡會是孤獨一人。

我相信此生所有際遇，都有其存在的意義，歲月未央，先別急著作答，愛情不會是唯一選項，能使你幸福快樂的，也不會只有他。

Play list

蔡健雅・達爾文

郁可唯・路過人間

*P.S.*

**逝去愛情，就讓其他的牽掛爲你拭去眼淚。我們永遠不會對失戀免疫，但熱愛生活的春花秋月，能使我們產生抗體。**

# 愛情裡有一種白費力氣，叫作「我相信你」

愛情應該像是回家的路，
你不可能會懷疑自己是否走錯了方向，
所以或許潛意識已經告訴你，這段關係只是他方。

**「愛我，就要相信我。」**
**「我相信你，因為我愛你。」**

兩句看起來很像，但前因後果錯置的獨白，從此就像是緊箍咒般，勒緊兩人的愛情。

經過幾年歷練的我們，早就不像小孩一樣這麼好欺瞞，不會是誰說了就算，不會只是瞪大眼睛點著頭說原來如此。我們會判斷，判斷會牽引著過去的經驗，經驗會取決於我們經歷的累積。

所以，才會有人單純得像一張白紙，誰都看得出來他的另一半有多壞，唯獨他不曉得；才會有人談場戀愛像一部諜對諜的懸疑片，質疑和查勤如家常便飯。

因此，我們先別隨意地去諷刺對方的沒安全感，因為你並不知道他曾經歷過些什麼。

我們都曉得在愛情裡，信任是多重要的成分，沒有誰想要自己的手機被偷窺，沒有誰想要一沒見面就心生暗鬼，光想就累。

所以，戀人間常常為了找回信任而爭論得喋喋不休，卻總要到很後來才想起，到底這份信任是從何時開始稀釋，又怎會在你們的愛情裡逐漸消失？

我曾聽過朋友抱怨，他和女友復合後，對方總是語帶懷疑地詢問他在做什麼，最後受不了還是選擇分開，將過錯全推到對方的神經質。但我其實曉得，而他沒有對我說的是，他們第一次分手就是因為他劈腿。

在愛情裡，任何傷口都是被淚水洗過的，或許看起來已經好了，卻早已喪失某些機能。你能做的，是輕撫他過往患部，帶著他復健，而不是責備他走起路來怎麼一跛一跛的。

你不要忘記，在他搖搖欲墜時，是你推了他一把讓他墜落，他原本不必經歷這些事。

其實，會懷疑、會猜忌，這其中都包含了太多的在意。但心裡又太清楚這份在意，一不小心就會摧毀關係，所以有些人便學會了逞強。而逞強又太強人所難，所以被不安全感豢養的人們，又會演化成自我催眠以及逃避事實。

哪怕多少人的勸，哪怕證據擺在眼前，總會有一套說詞為對方辯解，最終都是因為「你相信他」。從今往後，信任就變成土壤，遇上任何可能會影響到這段關係的流言或徵兆，你就變成一頭鴕鳥，二話不說地鑽進去。

你必須明白，「相信」一個人或者一件事，從來就不是得要下定決心的，當你有了這個想法，你就注定在心裡跟自己打架與掙扎。

愛情應該像是回家的路，你不可能會懷疑自己是否走錯了方向，所以或許潛意識已經告訴你，這段關係只是他方。

不要再白費力氣，去相信那些你根本不相信的事情。他有錯在先，你的懷疑理直氣壯；你無事生非，不過也是證明這份感情還不足以落地生根而飄搖著。

總有一天你會遇到那麼樣的一個人，讓你問起自己，為什麼自己在他身邊時，會獲得過去不曾擁有的安全感？

很簡單，這才是愛。

Play list

徐佳瑩・到此為止

孫燕姿・我很愉快

*P.S.*

因爲信任對方，所以產生安全感；因爲對方給了安全感，所以願意信任他。這是愛情最基本的公式解答。

# 愛就是願賭服輸，沒太多時間好去痛苦

有一天我們都會明白，
所有幸福都是賭來的，
持著不同的籌碼，去贏得我們想要的結局。

「戀愛」本身和「賭局」很相似，運氣很重要，技巧也不能少，而最終的輸贏，是無論你萬事俱備，也未必能夠參透的結局。

浪漫的愛情故事，總是讓人們樂此不疲，欣羨紅毯上深情相望的眼神，或是恍如年少般依偎過街的老夫老妻。每當看著這些甜得如蜜的畫面，總會企望自己能有這般幸福的運氣。

是呀，好多事得仰賴著運氣。我們都知道自己有多好，愛的時候費盡心力，付出也從來不貪小便宜，所以你會不服氣的，往往是那些差了點運氣的遺憾。難以從一而終的感情，當然各有問題，但往往並非全然無解的死結，只是沒有人願意去拆解，便各自離散。

●●●●

吉哥是我高中吉他社認識的人，雖然名字中帶「吉」，運氣卻不怎麼樣，每次翹課都會被教官抓到，倒是吉他彈得還算不錯。

「我跟你們賭，我一定追得到陳可希。」吉哥信誓旦旦地說出這句話。

「是梁靜茹給你的勇氣嗎？」有人不屑地附和。

不是給吉哥漏氣，但他口中的陳可希可是出了名難追，長得漂亮、家教又嚴，出入都有家人轎車接送，據說老爸還是某公司老闆。

我們和她的緣分，不過只是剛好社團共用穿堂練習，一群吉他社小嘍囉與熱舞社女神的兩種層級。也不是我們妄自菲薄，先別說普通男人的五官在她身邊完全無法匹配，她那家庭背景，口袋沒點深度哪有膽子去追？

偏偏那天被吉哥碰上好運，晚上十點多突如其來的大雨把他們困在穿堂。陳可希向他求救，說手機沒電，家人在外面等她，但走到校門口要走十分鐘路程，能不能和他借把雨傘。吉哥說他只有一把傘，剛好也要到校門口，不然就一起走。於是，他們有了我們後來笑稱「十分鐘的戀愛」的雨天漫步。

「她其實人比想像中好，很親切，沒有傳說的大小姐性格。她還說偶爾會看到我彈吉他，滿厲害的，那天練到這麼晚真辛苦，改天要我教她幾招。」吉哥越說越開心，我們則是越聽越咬牙切齒。

「可惡，明明就只是那天輪到你整理器具」、「好啊吉他這麼強那社長給你當啊」、「以後我不教你了，既然這麼強都給你教！」這不是我們太小家子氣，是為何我們沒有這種運氣！

那天以後，吉哥的魂魄就像是被陳可希吸走。偏偏不知道他又走了什麼運，陳可希的家人開始無法每天接送她，剛滿十八歲的吉哥立刻考了張駕照，就每天騎車送她回家。沒想到，「溫馨接送情」的奇蹟發生了。

「看吧，我就說我一定追得到她。來，一人一百交上來。」吉哥露出喜不自勝的表情。每個人掏出鈔票時，都問他到底憑什麼。他一邊開心數鈔票，一邊說這是命中注定。

後來才曉得，有些人像是搭上鐵達尼號的傑克，運氣讓他們贏得最好的時光，卻沒算到賭局下半場。

吉哥一週零用錢不過七百元，卻每天幫陳可希買早餐和晚餐，自己吃福利社的茶葉蛋。後來，他索性一週少上兩天社課，跑去樂器行打工，而老闆發現他一邊顧店還一邊練吉他，就打發他回家了。之後他去便利商店打工，有報廢食物能免費吃，但不定時的排班讓他幾乎來不了吉他社練習。

三個月後學測考完，我們都沒考到理想成績，索性連備審資料都省了，直接準備指考。但吉哥就不一樣了，他校內表現很好，也參加不少比賽，只要成績有到平時模擬考的水準，好好弄個推甄，很有機會上不錯的國立大學。結果，分數連模擬考的一半都沒有。

吉哥開始打工後，吉他社練習次數不到十次，學測也考得一蹋糊塗。有晚社課，社長怒氣沖沖地打電話給他。「不想練習就退社，不想讀書就退學。賺你的錢、吃你的報廢，養你的公主。」社長的聲音迴盪在穿堂，每個人都聽到了，包括陳可希。

接下來幾天，吉哥特地在學校避開我們，社課還是不來，陳可希也沒出現在熱舞社。那幾晚，穿堂的氣氛變得很詭譎，每個人都好像若無其事，但我們兩個社團卻不再有交集。

一開始我們責備社長，覺得話不該說得這麼難聽，但他搖搖頭說：「我就故意講這麼大聲，我就要指桑罵槐。他來不來練習我根本沒差，但你們看他把自己的生活搞成什麼樣子。如果他不懂我的用心良苦，這三年就白兄弟一場。」

有些人習慣以憤怒包裹在意，用斥責替代關心，話難聽到讓人難以下嚥，但這些年交情，若不是情非得已，誰又願意去破壞和平？

高中生涯最後一場吉他社成果發表，只剩兩週的時間，吉哥揹著一把吉他出現在穿堂。社長抬頭看了一眼，低頭繼續調音，吉哥欲言又止，社長便說：「站著幹嘛？剩兩個星期以你的資質，不趕快練趕得及嗎？」我們忍不住大聲歡呼，吉哥已經淚流滿面。

我們沒有再過問他感情的事情，只耳聞陳可希甩了他，但原因就像八卦一則，每個人都說得言之鑿鑿，真相卻無人知曉。

成發當天，吉哥高中生涯最後一首表演曲目，他選擇了五月天的《九號球》。

**也許我這一杆／又沒辦法進球**
**就像我的生活／一直在出差錯**
**也許我這一生／始終在追逐那顆九號球**
**卻忘了是誰在愛我／卻忘了是誰在罩著我**

吉哥邊唱邊哭，走音走得離譜，可還有誰管音準，大家也是一把鼻涕、一把眼淚的。我站在台下，看著他唱得聲嘶力竭、唱得蕩氣迴腸，忽然羨慕起他能像個狂奔在青春的少年，多麼無畏、多麼瘋癲。

平凡之於他不過是課本上一張便籤，不顧一切、不枉歲月，才是能被用螢光筆來回註記的重點。

●●●●

「我沒有想過，那晚十分鐘的戀愛，花光了我所有的運氣，差點連你們都弄丟了。」在成發後的慶功宴，吉哥一口乾完啤酒。

「沒事，接下來我們一起好好讀書，考個好大學吧。」社長拍拍他的肩膀。

「我還沒講完……其實，我沒有和陳可希在一起，她一直沒有答應我的告白，但她也不拒絕我對她好，所以我拚命付出就希望能感動她，把金錢、學業甚至朋友都梭哈了，到頭來還是一場空。」吉哥嘆了口大氣。

我們面面相覷，有人皺眉，有人睜大眼。

吉哥抬頭環顧我們說：「難道你們沒有話要安慰我嗎？」

「所以，你現在走出來了嗎？」我問。

「願賭就服輸，還好你們都還在，我沒有全盤皆輸。」吉哥笑著說。

「好，既然如此，我們有話想對你說。」社長一把攬著吉哥，湊在他耳邊說。

「三、二、一，把贏我們的一百塊給吐出來！」大家齊聲說。

有一天我們都會明白，所有幸福都是賭來的，持著不同的籌碼，去贏得我們想要的結局。既然選擇踏入這場局，就要想好所有可能，明白多少的努力和誠意，都未必能夠左右故事的待續。

傾盡所有，去換得一個渴望的眼波，不去計算成功機率，只跟隨內心，讓過程有笑有淚，讓故事即便重來幾遍，仍想再去冒險。如果這就是愛情必然的博弈，那剩下來的，不過就如徐志摩留下的那一句，「得知我幸，不得我命。」

Play list

艾怡良・給朱利安
告五人・披星戴月的想你

*P.S.*

有錯過，才會有下一場遇見。愛情這場賭注，從來就無法蓋棺定論誰贏誰輸，只要你不收手，總會找到幸福。

# 甜言蜜語，全都要說給左耳聽

我很想在你耳邊細語，
一個比親吻與擁抱更高級的肢體言語，
將心底的戀念喧嘩，溫柔而深邃地遞交。

我想在你耳邊細語，第一句就是要責備你，花了我大半青春才找到你。第二句會向你說對不起，沒來得及在摔碎幾次心以前，為你擋下風雨。

我想在你耳邊細語，在冷冽的冬天裡，我們身上的衣料輕輕摩擦出靜電的聲響，像是我亂撞的心跳。

我想在你耳邊細語，說百無聊賴的日常，看著你慵懶地笑，像是永遠吃不膩的棉花糖。

我想在你耳邊細語，把整座宇宙搬到你的房間，看星星在你眼底閃閃發亮。

我想在你耳邊細語，談談我最愛的電影，讓浪漫的劇情，在你我只幾釐米的距離蒙太奇。

我想在你耳邊細語，用一首老式情歌的時間，將歌詞裡的那些絮語，在我們之間立體。

我想在你耳邊細語，在安靜的博物館裡，每個人說話都低聲細語，這樣我順勢說幾句情話給你聽，就不會顯得不合時宜。

我想在你耳邊細語，在你失眠的凌晨三點，陪你將綿羊數滿，直到枕頭變得舒服柔軟。

我想在你耳邊細語，說一個你不知道的祕密，然後你會覺得無趣，因為我對你哪裡還有什麼祕密。

我想在你耳邊細語，在令人難以置信的景色前，約好下次重遊時，風景依舊，而我仍然愛你。

我想在你耳邊細語，台下都是我們的至親好友，每個人都祝我們永浴愛河，但只有我們知道當下肚子好餓。

我想在你耳邊細語，唱一首搖籃曲，給你聽，也給我們的孩子聽。

我想在你耳邊細語，在我們想法相左時，不過就你聽我的或我聽你的兩個選項，比今晚要去哪裡吃飯好決定多了。

我想在你耳邊細語，摸摸你的頭說別哭、別哭，看孩子與另外一半那一身禮服，未來也會和我們一樣幸福。

我想在你耳邊細語，雖然我們都已不再年輕，還有點耳背，但你總能聽懂我說的隻字片語，就像你一舉手、一投足，我都瞭然於心。

我想在你耳邊細語，又或者你在我耳邊細語，請對方放心，不過相隔一個天空的距離，感謝此生相遇，待久別重逢，會有我們的未完待續。

我很想在你耳邊細語，一個比親吻與擁抱更高級的肢體言語，將心底的戀念喧嘩，溫柔而深邃地遞交。樹葉有風的叨擾，海有浪的擁抱，城市有車水馬龍的喧囂，而我的喃喃絮語，只有你聽得到。

Play list
周杰倫 · 你聽得到
deca joins · Go Slow

*P.S.*

有人說左耳近心，甜言蜜語要說給左耳聽，但事實上，能走入對方心中的不是那些沾糖的話語，而是你的愛，經得起時間證明。

277・276

後記

# 被時間留下，也留下了時間

距離出版上一本作品，竟然已超過千日，我想，我真的是一個「被時間留下的人」。

對我來說，時間總是殘忍且殘酷的。長輩老去、自己也不再年輕，好像一不注意，歲月就會對我們狠狠教訓。以前總覺得多的是時間，有好多的明天，就算渾渾噩噩地過著也不過就是一天。直到那年在阿嬤的葬禮上，我才真切感覺到光陰似箭，箭箭往我的心頭上射，即便我們並不親近，但幾十年的回憶片段，轉眼便灰飛煙滅，還是太倉促了。

我要奔三了，回想還穿著學校制服的青春年華，總以為這件事是好久好遠的未來。從一個不經世事的小子，大多時間都在準備升學和玩樂，長大後才發現人生是課堂沒教過的命題，是一場沒有外掛、沒有攻略的遊戲。談過幾場無疾而終的戀愛，以為情書一讀就能讀一輩子，最後都只是過氣的故事。

曾經接受過許多邀約，在我的頭銜掛上「兩性作家」，為此我自慚形穢。我書寫愛情，但從未在愛情市場中游刃有餘，我還是會愛得像個傻子，幼稚得像個孩子，有著無可救藥的面子，分手時痛到骨子。我憑什麼高談闊論應該怎麼愛，又或是置身事外地闡述失戀沒什麼好難過。

誰不是懵懂過來的，而時間能做的就是逼著我們演化，用幾次的大徹大悟，歡迎光臨進入大人的世界。所以，我想將在我們生命的韶光荏苒，不浪費地記錄下來，讓似水流年，有一處能安放留念。

在時光機未被製造出來之前，至少時間仍是往前流動的。我們總以為能抓住現在，下一秒便成了回憶。而我們能做的，就是拿這些漸趨漸遠的記憶，揉合成一個理想中的未來。

於是，我好幾次都循著來時路的軌跡，對照此時此刻，有沒有對得起自己。我不想要歲月只更改我的容貌，我不想要犯年少時同樣的錯，我不想要拿相同的藉口搪塞我曾有過的失敗，我不想要我珍愛的人和事物，最終都無法留住。要說成長，也許稍嫌嚴肅，但我由衷地渴望，過去的種種積累，能在我重蹈覆轍時賞我一記巴掌，讓我明白愛要趁早，痛，有過一次就好。

我們活到一個歲數，和無數個好人壞人交手，觸過冷暖，嚐過甜酸，本以為自己夠懂事了，還是會因猝不及防的事故黯然神傷。後來才明白，沒有永遠風調雨順的四季，沒有完美的故事結局，我們只能不斷適應著日子的節奏，關關難過關關過，活成時光為我們形塑的樣貌，讓來日方長，逐項為我們解答，什麼是遺憾，什麼是最好的安排。

而我由衷感謝，每個出現在我生命裡的緣分，像各自帶著使命般留下了字跡，雖稱不上歲月靜好，但也算現世安穩。於是換我執筆，留下一些線索，何其有幸在這部作品，和你們久別重逢。

願時間都能將我們的世界去蕪存菁，留下更好的人，留下更好的自己，不枉青春，不辜負歲月。

# 新版後記

2021年5月10日，《被時間留下的人》在全世界被壟罩在世紀病毒COVID-19的陰影下悄然誕生。9日後，全台發布史無前例的三級警戒，4日後的新書發表會也緊急取消。

人聲鼎沸的台北，頓時成了一座萬籟俱寂的城市，街上少許戴著口罩出門的人們，露出的眼神是惶恐、憂慮，以及對於明天毫無頭緒。我們日復一日的日常，從此變得陌生，居家辦公成常態，瘋搶著酒精與快篩，我也沒能想到和朋友在火鍋店提前慶生，下次在餐廳內用竟是數個月後的事情了。

記得在新書出版後一週，我在假日的午後獨自前往現已停業的信義誠品，想偷看一眼自己耗時近三年的作品，陳列在新書區中有沒有人願意翻閱。結果那從前站滿人潮的走道，空盪盪地如我曾見過午夜的敦南誠品，而《被時間留下的人》封面上一本本的鯨魚，像是那頭只能發出52赫茲聲音的「世界上最孤獨的鯨魚」，周遭連個人影都見不著。

這是我寫作以來最滿意的作品，卻可能就此在亂世裡被埋沒，我坦言當下是非常失落的，有種生不逢時的無奈感。但我還能怪什麼？能保持健康、不危害到周遭的人，能在染疫後不被後遺症纏身已是萬幸，多少人在面對命運的磨難，我又有什麼好遺憾？

慶幸的是，再隔一週前去信義誠品，《被時間留下的人》已經被擺放在暢銷排行榜上，我並不是這麼好勝的人，但確實有種鬆了口氣的感覺，大概就像是資質駑鈍的我，考了個對自己交代得過去的成績。謝謝每個閱讀過這本書的你，也謝謝悅知出版社在兵荒馬亂之際，盡可能讓更多人看見這部作品。

3年後，出版社讓《被時間留下的人》再版了，而這幾年間世界也變得好多。因疫情延宕的東京奧運好像才剛結束，轉眼又即將迎來巴黎奧運；俄羅斯與烏克蘭的戰爭一打就是3年仍不見終日；在位70年的英國女王伊莉莎白二世逝世，一個劃時代的傳奇結束；台灣掀起「#Me Too運動」揭開多少人偽善的面具；生成式AI大爆發，將為人類帶來無法想像的巨變。當然，還有難以計量的天災與人禍散落在這段期間，不過還好，我們也都這樣過來了。

只是即便如此，每當久別重逢被問起近況，我總是用「差不多」來帶過，除了年紀跟得上進度，大致上都是平凡的，我依然還是那個「被時間留下的人」。可我沒有不喜歡這樣的自己，尤其越長大越是清楚，與其談風花雪月、過上精妙絕倫的日子，不如在稀鬆平常裡嚐得有滋有味。

也許有人覺得這樣多麼百無聊賴，我同意，但成熟教會我的，是妥善安排計畫；是我知道什麼是我想要的、不想要的；是我有能力在拋棄與留下間不再過於兩難，是我不再做無謂的消耗，能勇敢拒絕、勇敢追求；是我能在做每個選擇時都是心甘情願的；也是我在忙碌完一整天後，躺在床上能心滿意足地闔眼睡著。當我們能夠心安理得地接受平凡無奇也是種福氣，不用再去向誰證明或誇耀自己其實過得很好的時候，我想，我們就成為了自己的主人了。

不過我得承認，這個世界變得太快，我還是沒辦法習慣。就像現在的人買房子不是為了住一輩子，而是想著靠投資房地產快速致富，就像以前愛一個人便攜手走一輩子，現在能以年為單位交往已是難能可貴。如果這是種潮流，那我會選擇繼續落伍，如同陳綺貞曾經說過：「不是我太慢，是這世界太快」，就算最後我們都成為被時間留下的人，在相去不遠的生命長度裡，我們各自精采，各自在人世間留下曾活過的證明，那便不虛此行。

最後，我還是想用初版的後記裡最後一句話做結尾，「願時間都能將我們的世界去蕪存菁，留下更好的人，留下更好的自己，不枉青春，不辜負歲月」，我相信這些道理與期待，是經過一萬年都不會改變的。

# 被時間留下的人【暢銷新版】：
## 唯有失去，才足以讓我們成為一個大人


作　　者　P's

責任編輯　鄭世佳 Josephine Cheng
責任行銷　鄧雅云 Elsa Deng
封面裝幀　陳盈妤 Yinyu Chen
版面構成　黃靖芳 Jing Huang
校　　對　楊玲宜 Erin Yang

發 行 人　林隆奮 Frank Lin
社　　長　蘇國林 Green Su

總 編 輯　葉怡慧 Carol Yeh
主　　編　鄭世佳 Josephine Cheng
行銷經理　朱韻淑 Vina Ju
業務處長　吳宗庭 Tim Wu
業務專員　鍾依娟 Irina Chung
業務秘書　陳曉琪 Angel Chen
　　　　　莊皓雯 Gia Chuang



發行公司　悅知文化　精誠資訊股份有限公司
地　　址　105台北市松山區復興北路99號12樓
專　　線　(02) 2719-8811
傳　　真　(02) 2719-7980
網　　址　http：//www.delightpress.com.tw
客服信箱　cs@delightpress.com.tw
ＩＳＢＮ　978-626-7406-76-2
建議售價　新台幣３６０元
首版一刷　２０２１年５月
二版一刷　２０２４年６月





國家圖書館出版品預行編目資料

被時間留下的人/P's著. -- 二版. -- 臺北市：悅知文化精誠資訊股份有限公司，2024.06
288面；14.8X21公分
ISBN 978-626-7406-76-2(平裝)

863.55　　113006910

建議分類｜心理勵志

dp 悅知文化
Delight Press

# 線上讀者問卷 TAKE OUR ONLINE READER SURVEY

## 來日方長，足以為我們解答什麼是遺憾，什麼又是最好的安排。

————《被時間留下的人》

請拿出手機掃描以下QRcode或輸入以下網址，即可連結讀者問卷。
關於這本書的任何閱讀心得或建議，歡迎與我們分享 :)

https://bit.ly/3ioQ55B